연모지정

애정과 정한의 우리 시편들

연모지정 애정과 정한의 우리 시편들

인쇄 2013년 3월 10일 | 발행 2013년 3월 15일

지은이 · 신웅순
펴낸이 · 한봉숙
펴낸곳 · 푸른사상사
주간 · 맹문재 | 편집 · 지순이 | 교정 · 김소영, 김재호

등록   제2−2876호
주소   서울시 중구 충무로 29(초동) 아시아미디어타워 502호
대표전화   02) 2268−8706(7) | 팩시밀리   02) 2268−8708
이메일   prun21c@hanmail.net / prunsasang@naver.com
홈페이지   www.prun21c.com

ⓒ 신웅순, 2013

ISBN 978−89−5640−989−4 93810
  값 16,000원

애정과 정한의 우리 시편들

戀慕之情

연모지정

신웅순

푸른사상
PRUNSASANG

예나 지금이나 사랑의 시편들은 우리의 가슴을 울리고 있다. 애틋하고 아름다운 이런 시편들은 우리가 보존해야 할 가치 있고 소중한 문화유산들이다.

그들이 어떻게 살아왔고 어떻게 사랑해왔는지 본서를 통해 일면들을 조감해보았다. 생활방식만 달라졌을 뿐 선인들의 삶이나 현대인의 삶이 하나도 다르지 않다. 오히려 물질적 삶은 편리해졌으나 정신적 삶은 팍팍해졌다는 생각이 든다.

진실한 사랑은 동서고금을 통해 누구나 감동을 주게 되어 있다. 디지털 시대에 이런 사랑들이 오히려 신선한 사랑법이 되지 않을까 싶다.

황진이, 매창, 홍랑, 홍장, 소춘풍, 금춘, 두향, 진옥, 가련을 비롯 김시습, 임제, 왕방연, 원호, 성종, 이항복, 김상헌, 김삿갓 그리고 한용운, 이상, 유치환, 김소월, 김영랑, 이육사, 신석초, 서정주, 박목월, 윤동주, 한하운, 박인환 등 학자, 시인, 기녀에 이르기까지 고금 삼십여 명에 이르고 있다.

본서는 성인이면 누구나 읽을 수 있는 일반 교양서이다.

사랑은 친밀감이 있고 열정이 있으며 책임감이 따라야 한다. 완전한 사랑은 이 세 점들이 정삼각형을 이룰 때라고 한다. 지금 내 사랑은 어느 쪽에 있는지 점을 찍어보면 어떨까.

    선뜻 책을 내주신 푸른사상 한봉숙 사장님께 진심으로 감사의 마음을 표한다. 언제나 힘을 실어주는 제자, 친구들에게도 심심한 고마움을 전한다.

    묵묵히 지켜보는 아내와 사랑하는 딸들에게 이 책을 바친다.

2013년 2월
식장산 석야 초옥에서
신웅순

제1장 내 언제 무신하여, 황진이

1. 진이와 지족 선사

지족 선사는 송도 근교 깊은 산속 암자에서 30년이라는 긴 세월을 수도해온 스님이었다. 송도 사람들은 그를 생불이라고 존경하였다. 그래서 진이는 지족 선사를 택했다.

진이는 소복한 채 지족 선사를 찾아갔다.

"뜻하는 바가 있어 불제자가 될까 하여 찾아왔습니다."

자기는 청상과부인데 스님의 제자가 되겠다고 슬픈 표정으로 애원하였다. 깊은 산속 속세와 절연하고 살아온 스님은 난데없는 미녀의 출연에 당황했다. 자신의 눈을 의심하였다. 자신의 수양 부족을 탓하며 '나무아미타불 관세음보살'을 되뇌이며 열심히 불도만 닦았다.

풍경소리도 그치고 밤은 깊어갔다. 이젠 할 말이 없다. 진이의 몸가짐만이 등불 아래서 고요히 흔들릴 뿐이었다. 지족 선사는 자신과 결사적인 싸움을 벌이고 있었다. 착 달라붙은 비에 젖은 홍시 같은 살결을 훔쳐보며 선사는 더 이상 참을 수가 없었다. 요염한 교태 앞에 그만 그는 무릎을 꿇고 말았다. 30년 면벽도 하루아침에 공염불이 된 것이다. 열반의 세계에 귀의하려던 지족 선사는 오욕이 끓는 육체의 야차로 변해버리고 말았다.

목적을 달성한 진이는 암자를 빠져나왔다. 지족 선사는 법복도 염주도 버리고 황진이를 찾아 헤매었다. 송도 거리의 반광인, 반걸인이 되었다. 그의 생사를 아는 이는 아무도 없었다.

허균은 『성옹식소록』에서 다음과 같이 말했다.

> 지족 노선사가 삼십년 동안 면벽했지만 또한 내게 짓밟힌 바 되었다. 오직 화담 선생만은 접근하기를 여러 해 거쳤지만 종시 어지럽지 않았으니 이는 참으로 성인이다.[1]

아래는 유주현의 「녹수는 임의 정이」 일부이다.

> 해가 한 나절이 되었을 때 진이는 허전한 가슴을 안고 지족암을 나섰다. 몹시 부끄러웠다. 햇빛에 부끄럽고, 산에, 나무에, 날짐승에게 부끄러웠다. 진이는 일부러 귀법사 어귀를 피해 산을 내려오다가 기어이 서소옥을 만났다.
> "왜 본사엔 들르지 않고 내려 가시려나요?"
> 합장을 한 채 물어오는 서소옥의 시선을 피한 진이는,
> "부끄럽습니다. 스님."
> 간신히 한마디 할 수 있었다.
> "기어코 지족스님을 파계시켰군요?"
> 원망하듯 말하는 서소옥에게
> "아닙니다. 그분은 이미 불신불심이 다 된 어른인데 파계가 있을 수 없습니다."

---

1 이능화, 『조선해어화사』(동가선, 1992), 340쪽.

진이는 아직도 지족의 뜨거운 여운을 혈관 속에 느끼면서 다시 강조했다.

"지족 선사께는, 그 청정되고 평안한 그분의 마음에는 이 세상 누구도 돌 을 던질 수 없어요."

청량봉 밑에는 아침인데도 뻐꾸기가 뻐꾹뻐꾹 울었다.

진이는 올 때처럼 머리에 쓰개치마를 썼다. 어쩐지 패잔하고 돌아가는 것 같아서, 자기의 얼굴이 처량해 보일까 봐서 눈만 남기고 가렸다.

"혹 기회 있으시거든 지족 선사님께 말씀 드려주세요."

"뭐라고요?"

"진이는 참패했다면서 쓸쓸히 웃고 하산하더라고요."

　

지족 선사가 고승이었다면 그러한 유혹은 이겨낼 수 있었어야 했을 것이다. 그러나 지족 선사도 선사 이전에 남자이다. 여자의 요염한 교태 앞에 무너지지 않을 남자가 어디 있으랴? 그것이 더 인간적일지도 모른다. 도승의 가면을 벗긴 것이 통쾌할 수도 있겠으나 진이의 생각은 그렇지 않았다. 기뻐해야 할 하산길은 진이에게는 참담하고 후회스러운 것이었다. 결국 진이는 삼십 년 면벽승을 망치게 했다. 인간의 약점을 찌른 애달픈 일화가 아닐 수 없다.

진이는 이렇게 지족 선사가 무참하게 쓰러질 줄 몰랐다. 도승도 평범한 하나의 인간에 지나지 않는다는 것을 깨달았다. 하잘 것 없는 것이 인간이라는 것도 깨달았다. 여기에서 그녀의 인간다운 면모를 엿볼 수 있다.

2. 진이와 화담

서경덕은 당시 도학군자로서 학덕과 인격이 널리 알려진 위인이었는데 황진이의 농락에 눈썹 하나 까딱하지 않았다. 어느 날 화단정사에 놀러갔다가 돌아갈 시간이 되었다. 진이가 별안간 복통을 일으켜 신음하기 시작했다. 서경덕은 한 채밖에 없는 이불을 펴주었다. 자기는 늦도록 책을 읽었다. 꾀병을 앓으면서도 연방 서경덕의 동태를 살폈으나 일점도 흐트러짐이 없었다. 눈을 떠보니 서경덕은 윗목에 포대기를 얌전히 개켜놓고 단정히 책상 앞에 앉아 있었다. 어제의 자세 그대로 책을 읽고 있었다. 황진이는 자기의 부질없는 연극을 부끄럽게 생각했다.

『어우야담』에는 다음과 같은 이야기가 실려 있다.

> 가정초에 송도의 명기 가운데 황진이라는 자가 있었다. 여자들 중에서 뜻이 높고 협기가 있는 자였다. 화담처사 서경덕의 뜻이 고매하여 벼슬하지 않고 또 학문에 조예가 깊다는 말을 듣고 시험하기 위해 조대를 허리에 두르고 책을 끼고서 찾아가 뵙고 말했다.
> "첩이 들으니 남자는 가죽띠를 두르고 여자는 실띠를 두른다고 했습니다. 첩은 학문에 뜻이 있어 실띠를 두르고 왔습니다."
> 선생이 훈계하고 가르쳤다. 진이가 밤을 타 선생의 몸에 접근하려 하여 마치 마등이 아난존자에게 하는 것처럼 했다. 이같이 하기를 여러 날 했으나 화담은 종시 마음이 흔들리지 않았다.[2]

그는 벼슬에 나아가지 않고 학문과 후학에만 전념하였다. 이후 황진이는 서화담의 문하생이 되었다. 서화담은 성종 20년(1489)에 나서 명종 1년(1546)까지 산 당대의 대석학이었다. 『성옹식소록』에는 다음과 같은 이야기가 실려 있다.

> "선생님 송도에는 삼절이 있다는데 그것을 아십니까?"
> 서경덕이 무엇이냐고 물었다.

2 위의 책, 337~338쪽.

"첫째는 박연폭포요, 둘째는 선생님이시고 셋째는 소인입니다."
선생께서 웃었다.
"비록 농담이기는 하나 또한 그럴듯한 말이구나."[3]

———— 정선의 박연폭포

진랑이 오는 날이 뜸해졌다. 밤은 깊고 주위는 적막한데 우수수 낙엽 지는 소리가 들려왔다. 오는가 싶어 영창을 열고 기울여보았으나 주위는 더욱 적막했다. 다시금 영창을 닫았다. 불을 껐다. 잠은 십리 밖으로 달아나고 정신은 자꾸만 맑아졌다. 기다려도 진이는 오지 않았다. 서화담은 초연히 앉아 어둠 속에서 이렇게 노래를 읊었다.[4]

> 마음이 어린 후이니 하는 일이 다 어리다
> 만중 운산에 어느 님 오리마는

---

3 위의 책, 340쪽.
4 『동가선(東歌選)』. 서화담과의 약속한 밤에 진랑이 가본즉 서화담이 초연히 홀로 앉아서 어둠 속에서 노래를 부르거늘 진랑이 노래를 지어 그 노래에 화답했다.

지는 잎 부는 바람에 행여 권가 하노라

진랑인들 스승의 인자한 모습, 부드러운 음성을 보고 싶고 듣고 싶지 않았겠는가? 진이는 문밖에 와 있었다. 자신의 사무치는 마음을 화담 스승도 간직하고 있음을 확인하는 순간이었다. 왈칵 눈물이 쏟아졌다. 마음 속 깊이 깔려 있던 그동안의 오열이 한꺼번에 쏟아져 나왔다. 한참을 추스렸다.

황진이는 다음과 같이 화답하였다.

내 언제 무신하여 님을 언제 속였관데
월침삼경에 온 뜻이 전혀 없네
추풍에 지는 닙 소리야 낸들 어이하리오

님을 속여 월침삼경에도 올 뜻이 전혀 없는가 하고 탄식하고 있다. 얼마나 보고 싶었으면 이렇게도 절절할 수 있을까? 추풍에 지는 잎 소리야 낸들 어찌하겠느냐고 반문하고 있다. 님이 오기를 애타게 기다리고 있지만 님은 올 생각조차 없다. 그렇다고 님을 원망하거나 탓하지 않았다. 서경덕의 황진이에 대한 연정과 황진이의 서경덕에 대한 연정은 서로의 마음 속에 깊이 간직해두었던 것이다. 잎 지는 소리는 서경덕에게는 환청으로 들려왔고, 진이에게는 낸들 어떻게 하겠느냐는 것이다. 자연의 이치를 서로가 숙명으로 받아들이고 있다.

서화담의 죽음을 진이는 이렇게 한탄했다고 한다.

청산은 내 뜻이요 녹수는 임의 정이요
녹수 흘러간들 청산이야 변할 손가
녹수도 청산 못 잊어 울어예어 가는고

진이와 화담

마음이 어린 후ㅣ니 하는 일이 다 어리다
어늬 님 오리마는 지는 닢 부는 바람에 행여 긘가 하노라

내 언제 무신하여 님을 언제 속였관듸 월침삼경에 온
뜻이 전혀 업네 추풍에 지는 닢소리야 낸들 어이 하리오

——— 필자가 재구성한 「진이와 화담의 화답시조」 글씨

명월은 자기 자신을 청산에 비기고 서경덕을 녹수에 비겼다. 녹수는 없고 청산만 남은 것이다. 물 없는 청산이 되었다. 무슨 허무한 인생이란 말인가. 이렇게 인생은 허망하기 짝이 없다. 꼭 서화담의 죽음을 한탄하여 쓴 것이 아닐지도 모른다. 인생무상을 노래한 것일 수도 있을 것이다.

30년 면벽승 지족 선사는 진이의 유혹에 넘어갔고 도학군자 화담은 진이의 유혹에 혹하지 않았다. 어쩌면 지족 선사가 더 인간적인지도 모른다. 도학군자 화담인들 미모의 진이를 보고 마음으로야 어찌 혹하지 않았겠는가. 그래서 아름다운 시조가 이렇게 전해오고 있는 것이다.

3. 진이와 소세양

황진이는 조선 중종 때의 명기로 생몰 연대는 미상이다. 전해오는 야사가 많으나 대부분 윤색되어 그의 전기에 대해 상고하기는 쉽지 않다. 소세양은 중종 4년에 등과, 시문에 저명했으며 대제학까지 지낸 바 있는 명사였다.

『수촌만록』에 진이와 소세양의 30일간의 로맨스가 전해 내려오고 있다.

양곡 소세양은 젊은 시절에 스스로 배짱이 있다면서 항상 이렇게 말하였다.
"여색에 빠지면 남자가 아니다."
그는 송도 기생 황진이의 재주와 인물이 빼어나다는 말을 듣고 여러 친구들과 이렇게 약속하였다.
"내 이 계집과 더불어 30일만 함께 지내고 30일이 지나면 즉시 헤어지겠네. 그리고 다시는 털끝만큼도 마음에 두지 않을 것이네. 만약 이 기한이 지나서 하루라도 더 머문다면 자네들이 나를 사람이 아니라고 해도 좋네."

그가 송도에 가서 황진이를 만나보니 과연 뛰어난 여인이었다. 그리하여 소세양은 그녀와 더불어 즐거움을 나누며 한 달을 기한으로 그 곳에 머물렀다.

이제 내일이면 그녀와 헤어져 가야만 하였다. 소세양은 황진이와 함께 개성 남쪽 누대에 올라 술잔치를 벌였다.

황진이는 조금도 이별의 슬퍼하는 기색이 없이 다만 한 가지를 청하였다.

"상공과 이별을 하게 되었는데 어찌 한마디 말이 없을 수 있겠습니까? 변변치 않지만 시 한 수를 바쳐도 되겠습니까?"

소세양이 허락하자 황진이는 즉시 다음과 같은 율시 한 편을 써서 주는 것이었다.

달 비치는 뜰에 오동잎은 다 지고
서리 맞은 들국화가 노랗게 피었네
다락은 하늘에 닿을 듯 높고
사람은 천 잔의 술에 취해버렸네.
흐르는 물은 거문고 가락에 맞춰 서늘하고
매화향기 피리소리에 들어 향기롭구나
내일 아침 이별한 뒤에
그리운 정이 푸른 물결처럼 퍼져나가리.

소세양이 그 시를 읊조려 보고 탄식을 하며 말하였다.

"에라! 내가 사람이 아니지!"

하고는 다시 눌러앉았다.[5]

어디 인정을 칼로 두부 자르듯 할 수 있겠는가. 떠났다 해도 생각나는 것이 사람의 마음이다. 기록이 없어 상고할 수 없지만 진이도 소세양에

---

5 김동욱 역, 『수촌만록』(아세아문화사, 2001), 139~140쪽.

대한 그리움이 어찌 없을 수 있겠는가.

이태준은 소설 『황진이』에서 그후의 일을 다음과 같이 구성했다.

한 번 떠나간 소제학은 처음에는 잘 왔노라는 간단한 편지만 있었을 뿐, 다시는 소식이 올 줄 몰랐다. 그러나 명월은 소제학이 다시 한 번 찾아줄 줄만 믿고 기다렸다. 믿어서만 기다려짐이 아니라 자기의 온 넋을 기울여 참된 사랑을 바쳐버린 사나이라 믿지 않는다 하더라도 절로 기다려질 사람은 그밖에 없었다.

가을은 깊을 대로 깊어갔다. 문마다 두터운 창호지를 발랐으나 어느 틈으로인지 날카로운 서리 기운이 스며들어 옷깃을 싸릉거린다. 이불섶을 여며 싸고 얼굴만 내어 놓으면 싸늘해지는 뺨도 부빌 곳을 찾는다. 한 몸이 딴 한 몸이 그리운 줄 알 대로 안 뒤이라 소제학이 자기를 여전히 남기고 가지 않고 두 쪽을 내여 딴 한쪽은 가지고 간 듯 헛헛해서 견딜 수가 없다. 책을 들면 손이 시리고 책을 놓으면 늙은 벌레소리와 낙엽 구르는 소리는 똑 신발소리처럼 들리는 때도 있다.

'…예리성 아닌 줄은 판연히 알 건마는 그립고 아쉬운 마음에 행여긴가…'

옛 노래의 한 구절이 생각나서 불러보기도 한다. 그러나 남이 저의 정한에서 불러놓은 것이라 몇 번을 다시 불러보아도 자기의 정한은 뭉킨 채로 꾸물거린다. 명월은 붓을 집어다 화전지와 함께 머리맡에 놓고 처음으로 단가 한 수를 엮어 보았다.[6]

가지 말라는 말 한 마디만 하였던들 소세양은 안 갔을지도 모른다. 그는 매사에 다정다감한 남자였다. 그 사람은 영영 가버리고 말았다. 떠날 때 떠나야 한다. 그래야 그의 뒷모습은 아름다운 법이다. 그러나 진이는 자꾸만 설움이 복받쳐 올랐다.

---

6 이태준, 『황진이』(문예춘추사, 1988), 138쪽.

어져 내 일이야 그릴 줄을 모르던가
이시라 하더면 가랴마난 제 구태여
보내고 그리는 정은 나도 몰라 하노라

남자를 허물하지 않
고 자신을 탓하였다. 남
들처럼 그리워할 줄 모
르겠느냐고 자책하고
있다. 있으라고 하면 구
태여 가겠느냐고 몸서
리치고 있다. 사무치게
저며오는 그리움이 너
무나 절절하다. 되돌아
서서는 쏟아내는 회한
의 정을 나도 모르겠다
고 하고 있다. 방치할
수밖에 없었던 자신의
무력함을 누구에게 하
소연하겠는가. 가슴을
치며 다 내 탓으로 돌리

─────── 소세양 신도비
전라북도 유형문화재 제159호.
전라북도 익산시 왕궁면 용화리 소재

고 있는 것이다. 진이도 한낱 평범한 아녀자에 불과했다.[7]
　진이의 무덤은 개성 장단 구정현 남쪽에 있다는데 찾아볼 길이 없다.

7 신웅순, 『문학과 사랑』(문경출판사, 2005), 58쪽.

소세양 신도비는 전북 유형문화재 159호로 전북 익산시 왕궁면 용화리에 있다. 신도비 옆에 그의 무덤이 있다.

500년이 지났어도 그들의 사랑은 이렇게 전설같이 남아 우리들에게 전해주고 있다.

4. 진이와 벽계수

『금계필담』에는 종실 벽계수와 황진이에 대해 다음과 같은 일화가 전해오고 있다.

> 황진은 송도의 명기이다. 미모와 기예가 뛰어나서 그 명성이 한 나라에 널리 퍼졌다. 종실 벽계수가 그녀를 한 번 보기를 원하였으나 황진은 성품이 고결하여 풍류명사가 아니고는 친하게 지내지를 아니 하였다. 이에 손곡 이달과 의논을 하였다.
> 이달이 물었다.
> "공이 진랑을 만나려면 내 말대로 해야 하는데 따를 수 있겠소?"
> 벽계수가 답했다.
> "당연히 그대의 말을 따르리다."
> 이달이 말했다.
> "그대가 소동으로 하여금 거문고를 가지고 뒤를 따르게 하여 황진이의 집을 지나 루에 올라 술을 마시고 거문고 한 곡을 타고 있으면 황진이가 나와서 그대 곁에 앉을 것이오. 그때 본체만체하고 일어나 재빨리 말을 타고 가면 진이가 따라올 것이오. 취적교를 지날 때까지 돌아보지 않으면 일은 성공일 것이고 만약 그렇게 하지 않으면 일은 성공하지 못할 것이오."
> 벽계수가 그 말을 따라서 작은 나귀를 타고 소동으로 하여금 거문고를 들게 하여 진랑이 집을 지나 루에 올라 술을 마시고 거문고 한 곡 탄 후 일어나 나귀를 타고 가니 진랑이 과연 뒤를 쫓았다.

취적교에 당도하자 동자에게 그가 벽계수인가를 묻고 이에 아름다운 목소리로 노래했다.

청산리 벽계수야 수이감을 자랑마라
일도 창해하면 다시 오기 어려우니
명월이 만공산하니 쉬어간들 어떠리.

벽계수가 이 노래를 듣고 갈 수가 없어서 시냇가에서 뒤돌아보다가 나귀 등에서 떨어졌다. 진랑이 웃으며 말했다.
"이 사람은 명사가 아니라 단지 풍류랑이로구나."
진이는 되돌아갔다. 벽계수는 매우 부끄럽고 한스러웠다.[8]

양반 체면이 말이 아니었다. 이 못난 벽계수야, 인생은 한 번 가면 그만인데 천하의 명기 명월이가 무르녹아 있으니 어찌하여 나와 즐길 줄 모르고 가려고 하느냐. 함께 쉬어가는 것이 어떻겠느냐. 양반 계급에 대한 지독한 풍자와 야유가 담겨있다. 양반 계급을 우습게 본 것이다.

남자를 흐르는 물에 비유하고 공산에 뜬 명월을 자기로 비유한 것이 재미있다. 남존여비의 시대에, 양반 계급이 극심한 때에 기생인 자기를 명월로 비기고 종친의 한 사람을 산골물로 비유하는 것은 황진이만이 할 수 있는 일이다. 예인으로서의 자존심, 미인으로서의 자존심이다. 사회적 신분으로 자존심이 상했을 때 느끼는 여자의 분노가 이 시에서 저절로 배어 나온 것이다.

---

8 김정미, 『황진이 연구』 (고려대학교 석사논문, 1990), 21~22쪽.
  김탁환, 『나, 황진이』 (푸른역사, 2002), 289쪽에서 재인용.

5. 진이와 이사종

진이와 이사종의 이야기는 『어우야담』에 전해오고 있다.

> 선전관 이사종은 노래를 잘했다. 일찍이 사명을 받들고 송도에 갔다. 천수
> 원 시냇가에서 안장을 풀고서 관을 벗어 배 위에 올려놓고 드러누워 노래 두
> 서너 곡을 높이 불렀다. 진이도 갈 곳이 있어서 역시 원에서 말을 쉬다가 귀
> 를 기울여 듣고 말했다.
>
> "이 노래 곡조는 심히 특이하구나. 분명 촌가의 속된 곡조가 아니다. 나
> 는 서울에 풍류 이사종이 당대의 절창이라고 들었는데 반드시 이 사람
> 일 것이다."
>
> 사람을 시켜 가서 찾게 했더니 과연 이사종이었다. 이에 자리를 옮겨 서로
> 가까이 하여 극히 다정하였다. 이사종을 이끌고 집으로 가서 며칠 머문 후
> 말하였다.
>
> "마땅히 그대와 함께 6년을 같이 살아야겠습니다."
>
> 이튿날 집안 살림살이할 3년의 비용을 이사종 집으로 모두 옮겼다. 그 부
> 모 처자를 섬기고 기르는 비용을 모두 자기 집으로부터 마련하였다. 직접 비
> 구를 착용하여 첩의 예를 다하면서 이사종의 집으로 하여금 조금도 돕지 못
> 하게 했다. 3년을 마치자 이사종이 진이의 온 집안을 먹여 살리기를 한결같
> 이 진이가 이사종을 먹여 살린 것과 같이 했다. 이사종이 보답한 지 꼭 3년
> 만에 진이가 말했다.
>
> "이미 약속이 이루어졌고 기일이 다 되었습니다."
>
> 그리고는 하직하고 갔다.[9]

현대판 계약결혼이다. 그러나 어찌 인간의 정을 그리 매정하게 자를
수 있겠는가. 폭풍한설 긴긴 밤은 진이에게는 차라리 형벌이었다. 살아

---

9 박명희 · 현혜경 · 김충실 · 신선희 공역, 『어우야담』(전통문화연구원, 2001), 287~288쪽.

왔던 운우의 정을 그리 쉽게 단념할 수는 없는 법이다. 이사종에 대한 그리움은 갈수록 깊어만 갔다.

> 동짓달 기나긴 밤 한 허리를 둘러내어
> 춘풍 이불 아래 서리서리 넣었다가
> 어룬님 오신 날 밤이어든 구뷔구뷔 펴리라

사랑하는 님은 누구라도 좋다. 떠꺼머리 총각, 지족 선사, 서화담이라도 좋다. 소판서, 벽계수, 이사종이라도 좋다. 갈수록 채울 길 없는 허전한 마음을 진이는 더 이상 견뎌낼 수가 없었다. 진이는 사무치도록 그리웠다.

동짓달 긴긴 밤 한 허리를 베어내어 춘풍 이불 아래 서리서리 넣었다가 사랑하는 님이 오시는 날 밤에 굽이굽이 펼쳐놓겠다는 것이다. 얼마나 다정다감한 여인인가. 겉으로는 이사종과 깨끗하게 헤어진 것으로 보이지만 그런 진이도 가슴 속에 쌓인 정은 어찌할 수 없었다. 올올이 풀어내야만 살 것 같았다. 안타까운 독백이다.

6. 진이와 이생원

황진이와의 애정관계에 있던 선비로 이생원이라는 사람이 있다. 그는 재상의 아들이라고만 되어 있을 뿐 누군지 분명치 않다. 이 이생원과 황진이의 금강산 기행 이야기가 『어우야담』, 『성옹식소록』에 전해 오고 있다.

> 진이는 금강산이 천하 명산이라는 말을 듣고 한 번 맑은 흥취의 놀이를 마련하고자 하였는데 함께 할 사람이 없었다. 당시에 이생원이라는 자가 있었

는데 재상의 아들이었다. 사람됨이 호탕하고 소탈해서 명승지 유람을 함께
할 만하였다.

진이가 조용히 이생에게 말했다.

"저는 중국 사람도 고려국에 태어나서 금강산을 한 번 오기를 원한다고 들
었습니다. 하물며 우리나라 사람으로 본국에서 태어나 자라서 선산을 지
척에 두고 진면목을 보지 못한대서야 되겠습니까? 지금 제가 우연히 선
랑을 받들었으니 바로 신선놀음을 함께하기에 좋습니다. 산의 야복으로
빼어난 경치를 마음대로 찾아보고 돌아오면 또한 즐겁지 않겠습니까?"

이에 이생으로 하여금 하인을 따라오지 못하게 하고 베옷에다 삿갓을 쓰
고 친히 양식을 짊어지게 하였다. 진이는 스스로 송라원정(여승이 쓰는 모
자)을 머리에 쓰고 갈포 저고리와 베 치마를 입고 짚신을 끌고 대나무 가지
를 짚고 따랐다.

금강산에 들어가 깊숙이 이르지 않는 곳이 없었다. 여러 절에서 걸식하며
혹 스스로 자신의 몸을 팔아 승려에게 양식을 얻기도 하였다. 그러나 이생을
탓하지 않았다. 두 사람은 멀리 산림을 지나쳐서 기갈이 들고 곤핍하여 초췌
해져 다시는 지난날의 모습과 얼굴이 아니었다. 가다가 한 곳에 이르렀는데
시골 유생 십여 인이 시냇가 소나무 숲에서 모여 잔치를 하고 있었다. 진이
가 찾아가 절했다. 유생이 말했다.

"너의 사장도 술 마시는 것을 이해하느냐?"

술을 권하니 진이는 사양하지 않았으며 드디어 술잔을 잡고 노래하였다.
노랫소리가 맑아서 음향이 수풀과 골짜기를 울렸다. 여러 유생들이 매우 특
이하게 여겨 술과 안주를 먹었다. 진이가 말했다.

"첩에게는 종이 한 명 있는데 매우 굶주렸습니다. 남은 술을 먹여도 되겠
습니까?

그래서 이생에게 술과 안주를 주었다. 당시에 양쪽 집에서는 각각 두 사람
이 간 곳을 몰랐다. 소식을 알지 못한 지가 거의 반년이 지난 어느 날 저녁에
해진 옷을 입고 시커먼 얼굴로 돌아오니 이웃에서 보고 크게 놀랐다.[10]

---

10 위의 책, 124~127쪽.

연모지정

이쯤 되면 황진이의 성품이 어떤지 짐작할 수 있을 것이다. 양반도 굶주림과 사랑 앞에서는 체면이고 무엇이고 없는가 보다. 양반을 하인 취급한 것 같지만 이는 양반에 대한 진이의 신중한 배려에서 나온 것이다.

7. 진이의 출생, 죽음

『송도기이』에 황진이의 전설 같은 출생담이 전해지고 있다.

> 그녀의 어머니는 현금이었는데 자색이 매우 고왔다. 그녀의 나이 18세 때의 일이었다. 어느 날 변부교 아래에서 빨래를 하고 있었는데 어떤 사람이 다리 위를 지나가고 있었다. 의관이 화려하고 얼굴이 수려했다. 그 사람은 현금에게 미소와 손짓을 보냈다. 현금의 마음은 흔들렸다. 해는 지고 빨래하던 여인들도 다 갔다. 그 사람이 현금 앞에 나타나 물 한 바가지 떠달라고 하였다. 반쯤 마시고는 현금이 보고 마셔보라고 했다. 그런데 웬일인가? 그것은 물이 아니고 술이었다. 현금은 술을 먹은 것이다. 합환주가 되어 둘이서 그날 밤 깊은 인연을 맺었다. 이로 말미암아 탄생한 것이 진이였다. 진이는 절세의 미인이었으며 재예, 가창에 매우 뛰어났다. 사람들은 그녀를 선녀라 불렀다.

황진이는 언제 어디서 몇 살까지 살다가 죽었는지 알 길이 없다. 다만 유언에 관한 이야기가 몇 문헌에서 전해 내려오고 있다.

진이가 장차 죽으려 할 때 가인에게 부탁하였다.

"나 때문에 천하의 남자가 자신들을 사랑하지 못했다. 내가 죽거든 관을 쓰지 말고 시체를 동문 밖 물가에 버려 달라. 개미와 벌레들의 밥이 되어 천하의 여인들로 하여금 경계를 하게 해달라."

가인이 그 말대로 버려두었더니 한 남자가 거두어 장사를 지내주었다. 지금 장단 구정현 남쪽에 그녀의 무덤이 있다.[11]

진이는 생애가 짧았다. 인생이 한창 무르익은 40세 전후에 죽었다. 그녀는 살아 있을 동안 남자에 대한 죄의식에서 살았음을 짐작할 수 있다. 자기를 사모하다 죽은 총각의 죽음에서 일찍이 인생의 허무를 깨달았다. 사랑도 결국 허무하기 짝이 없음을 온 몸으로 체험한 것이다.

황진이의 시조 한 수를 소개한다.

산은 옛산이로되 물은 옛물이 아니로다
주야에 흐르거든 옛물이 있을소냐
인걸도 물과 같도다 가고 아니 오노매라

황진이의 자취가 서려 있는 송도의 거리, 만월대, 박연폭포, 황진이의 무덤이 있다는 장단 구정현 남쪽을 찾아볼 수가 없다. 감상에 젖을 수가 없어 유감스러울 뿐이다.

8. 영원한 스승, 시조 한 수

현대시조의 대가 가람 이병기는 "시조문학을 하시면서 스승으로 모신 분이 누구냐?"는 기자의 질문에 거침없이 "황진이 시조 한 수가 나의 스승"이라고 밝힌 바 있다.

그 글 일부를 인용해본다.

---

11 김택영, 『송도인물지』

어져 내 일이여 그릴 줄을 모르든가
이시라 하더면 가랴마는 제 구태야
보내고 그리는 정은 나도 몰라 하노라

"그게 무슨 소리인가요?"

기자는 그대로 멍하니 쳐다보았다. 그럴 수밖에 없는 것이 시조작가로서 선생을 키워주신 은사가 누구냐고 묻는 기자의 말에는 아무 대답도 않고, 이씨는 어수선한 오후의 학교 사무실에서 이렇게 시조를 읊은 것이다.

"선생의 스승은 누구시냐고 지금 여쭈었는데요?"

기자가 이렇게 재차 물어도, 이씨는 아무 대답이 없이 또 한 번 꼭 같은 시조를 외운다.

이 어찌된 일인가 영문을 모르고 앉아 있으려니까,

"하하하하!"

하고 너털웃음을 내놓으신다.

"왜 웃으십니까?"

"내 스승의 이름은 이렇게 길답니다."

"네?"

"지금 내가 왼 그것이 내 스승의 이름입니다. 상당히 길지요?"

기자는 그제서야 이씨의 말귀를 알아들었다. 재미있는 어른이라고 혼자서 웃노라니,

"불행히 내게는 스승이 없었습니다. 내가 시조를 지어볼까 하고 생각한 것은 퍽 어려서인데, 처음에는 한시를 짓다가 이렇게 어려운 글로 시를 짓는다는 것이 헛된 노력같이 생각되었고, 아무리 한자가 조선 사람의 글이 된 시대라 하더라도, 역시 조선의 감정을 조선말 아니면 표현하기 어렵다고 생각했습니다. 그래서 시라는 것을 우리말로 지어볼 생각이 들었으나, 그때는 불행히도 나를 지도해주실 선생이 없어서 부득이 황진이의 시조를 유일한 스승으로 삼고 연구했었지요."

(……중략……)

"그러면 아마 황진이의 시조를 맨 처음에 그렇게 읊으신 데는 무슨……."

"있지요. 지금까지 내가 본 시조 중에는 이만큼 형식으로나 기교로나 구성으로나 잘 짜여진 것을 못 보았습니다. 황진이 시조는 지금까지 전해 오는 것이 5, 6수에 불과해도, 그 5, 6수가 정말 주옥같은 것입니다. 고금을 통해서 이만큼 완성된 수작이 없지요. 그 기교란 무서우니까. 흔히 보면 공연히 글자 수와 형식에 사로잡혀서 꼭 박아낸 것만 같아서 염증을 내게 합니다. 그러나 4백 년 전의 황진이 시조는 실로 완벽을 이룬 것이지요. 이 정도에만 이른다면 시조로서 표현 못할 것이 없습니다."

이씨는 기자를 세워놓고 또 다시 황진이의 시조를 고요히 읊는다.[12]

---

12 『동아일보』, 1938.1.29일자. 박을수, 「사랑 그 그리움의 샘」(아세아문화사, 1994), 76~77쪽에서 재인용.

제2장 이화우 흩날릴 제, 매창[13]

1. 매창과 촌은

매창은 부안현의 아전 이탕종의 서녀로, 선조 6년(1573)에 태어났다. 계유년에 태어나서 계생이라고 불렀다. 기생이 된 뒤 애칭인 계랑으로 고쳐 불렀다. 아호는 매창, 자는 천향이다. 광해군 2년(1610)에 죽었다. 나이는 38세이다.

> 계생의 자는 천향인데, 스스로 매창이라 호를 지어 불렀다. 부안현의 아전이던 이탕종의 딸이다. 만력 계유에 나서 경술(1610)에 죽으니 나이 서른여덟이었다. 평생 노래 부르기와 시 읊기를 잘했으며 당시 수백 편이 한때 사람들 입에 오르내리더니, 지금은 거의 흩어져 없어졌다. 숭정 후 무신년(1668) 10월에 아전들이 외우며 전하던 여러 형태의 시 58수를 얻어 개암사에서 목판에 새긴다. 절의 중들이 (…중략…) 무신년 12월 개암사에서 개간하다.[14]

---

13 신웅순, 앞의 책, 63~85쪽에서 발췌 및 보완하였음.
14 이 발문은 하버드 대학에 소장된 『매창집』에서 인용한 것이다.

혜천 우물 ―――――――
전라북도 부안읍 성황산 소재

　아버지에게 한문을 배웠고, 시문과 거문고를 익혔다. 출신 성분 때문에 기녀가 되었으나 몸가짐이나 행동이 발랐으며 절개가 곧았다.

　부안읍 진산인 성황산(일명 상소산)은 부안 사람들의 사랑을 받는 공원이자 경관 또한 빼어난 명산이다. 이 산은 1848년(헌종 무신)에 당시 현감 조연명이 서림이라 불리는 이 산에 많은 나무를 심고 서림정을 지어 꾸몄다. 정자 옆 암벽에는 맑은 물이 솟는 혜천이라는 샘이 있고 그 옆에 너러바위가 있다. 예로부터 그곳에서 시인 묵객들이 시회를 열었다. 지금도 너러바위 일대에 현감, 문인들이 각명해놓은 시구들이 산재해 있다. 어렸을 때부터 계생은 이런 분위기 속에서 자연스럽게 거문고와 시문을 익혔다. 기생이었지만 그는 몸가짐을 조신하여 함부로 하지 않았다.

떠돌며 밥 얻어먹기를
평생 부끄럽게 여기고
차가운 매화가지에 비치는 달을
홀로 사랑했었지
고요히 살려는 나의 뜻
세상 사람들은 알지 못하고
제멋대로 손가락질하며
잘못 알고 있어라.

— 추사

매창은 매화가지에 비치는 달빛을 사랑하며 조용히 살아가고 싶어 했다. 기생 신세를 늘 부끄럽게 생각하는 자신의 뜻을 모르고 세상 사람들은 손가락질한다는 것이다.

시속에 물들지 않고 살아가려는 그녀의 깨끗한 품성을 알 수 있다.

촌은 유희경이라는 학자가 있었다. 유희경은 자는 응길, 호는 촌은이며 본관은 강화이다. 천민이었지만 시인으로 유명했으며, 예론과 상례에 밝아 국상은 물론 평민들의 장례까지 그에게 문의할 정도였다. 영의정 박순을 비롯하여 많은 양반 사대부들이 그와 사귀었다. 촌은은 92세 평생을 엄격하고 깨끗하게 살아왔다.

유희경은 선조 25년 임진왜란이 일어나자 의병을 모아 관군을 도운 공으로 통정대부가 되었다. 광해군 10년(1618) 이이첨의 인목대비 폐모 상소문에 반대, 시골에 은거하여 후진 양성에 힘썼다. 인조반정(1623) 때 절의로 포상되어 가의대부에 이르렀고 뒤에 판윤으로 추증되었다.

매창은 둥그스름한 얼굴에 덕스럽게는 보였지만 얼굴이 빼어나지는 않았다. 마음은 그지없이 아름다웠고 거문고를 잘 탔으며 시문에 능했다. 이에 촌은이 그만 파계하고 만 것이다. 요염한 자태로 유혹했을 리 없고 그런 유혹에 빠질 촌은도 아니었다. 이심전심 풍류와 시로서 통했다.

가정생활에 불만이 없었을 촌은이 일생을 두고 매창을 못 잊어 한 것을 보면 인간의 애정생활은 참으로 알다가도 모를 일이다.

『촌은집』「행록」에는 이런 기록이 있다.

젊었을 때 부안으로 놀러갔었다. 그 고을에 계생이라는 이름난 기생이 있었다. 시로 유명하다는 소문을 서울에서 이미 듣고 있었다. 부안에 이르자 객이 "유희경과 백대붕 가운데 어느 분이십니까?" 하고 물었다. 그와 백대붕(역시 천민 출신)의 이름이 이곳 멀리까지도 알려져 있었던 모양이다. 촌은은 일찍이 기생을 가까이 한 적이 없었다. 그러나 이때에 이르러 비로소 파계했다. 그리하여 계생 역시 한시를 잘했다. 세상에 『매창집』이 간행되어 전하고 있다.

매창에게는 집적거리는 손님이 많았다. 점잖게 다가오는 손님도 있었고, 강압적으로 덤벼드는 취객도 있었다. 그때마다 재치로 위기를 넘겼다.

취한 손 마음 두고 적삼 끌어 당겨
끝내는 비단 적삼 찢어놓았네
그까짓 비단옷 아까울 게 없지만
님이 주신 정까지 찢어질까 두려워.

—「증취객」

기생생활의 일면을 볼 수 있다. 옛날이라고 어찌 술자리에서 짓궂은 손님이 없을 수 있겠는가. 술 취한 손님에게 옷을 찢기우고도 화를 내기는커녕 인정이 끊길까 두려워하고 있다. 매화처럼 고고하지만 고요하고

연모지정

인정미가 넘쳐 흐른다. 이런 매창의 따뜻하고 너그러운 마음씨에 어느 남성인들 감동하지 않겠는가.

돈은 있다가도 없고 없다가도 있는 법. 인정만은 돈으로 살 수도, 팔 수도 없는 것이다. 하루아침에 깊어지는 것도 아니요, 오랜 세월이 지나야 제 맛이 나는 게 정이다. 그윽한 매창의 인격에 촌은인들 어찌 감동하지 않을 수 있겠는가?

——————— 매창 시비 「취하신 님께」
전북 부안군 부안읍 서외리 매창공원 소재

촌은이 부안의 명기 매창을 처음 만나게 된 때는 임진왜란 직전, 1591년쯤으로 보인다.[15]

어느 날 촌은이 부안에 온다는 전갈을 받았다. 그동안 촌은의 풍류와 시를 흠모해왔었던 터였다. 만나보고 싶은 시인이었다. 계생에게는 뜻하지 않은 기쁨이요, 더 없는 영광이었다.

술좌석은 무르익어갔다. 매창에게 거문고 한 곡조를 부탁하였다. 연주가 끝나자 촌은은 무릎을 치며 감탄하였다. 절창이었다.

촌은은 매창을 지그시 바라보며 다음과 같은 즉흥시 한 수를 읊었다.

---

15 허미자, 「시를 통해서 본 매창의 생애」, 『매창전집』(고글, 1998), 161쪽.

일찍이 남국의 계량 이름 들리어
시와 노래로 서울까지 울렸도다
오늘에야 그대 모습 대하고 보니
선녀가 지상에 내려온 것만 같구나

—「증계랑」

옷고름 매만지며 다소곳이 듣고 있던 매창은 다음과 같은 시로 화답하였다.

몇 해 동안 비바람 소리를 내었던가
여지껏 지녀온 작은 거문고 하나
외로운 곡조는 타지나 말자더니
끝내 「백두음」[16]가락 지어서 타네.

—「탄금」

오랫동안 외로움과 고독에 살아온 계생이었다. 누구 하나 마음을 줄 사람이 없었다. 시속에 물든 사람들뿐이었다. 이제야 임을 만난 것이다. 백년해로하고 싶은 심정을 「백두음」에 비겨 고백하고 있다.

계생은 거문고 줄에, 유희경은 음률에 맞춰 다시 시를 읊었다.

나에게 신기로운 선약이 있어
찡그린 얼굴도 고쳐 줄 수 있으니
금낭 속에 간직한 귀한 그 약을
정다운 그대에게 아낌없이 주리라

—「증계랑」

---

16 사마상여의 부인 탁문군의 작이라 한다. 상여가 첩을 얻으려고 하자, 이 시를 지어 결별의 뜻을 밝혀 상여가 첩 얻는 것을 단념하였다고 한다.

분위기는 점점 익어갔다. 찡그린 얼굴도 고쳐줄 수 있는 선약이 내게 있다니. 사랑하지 않을 수 없다는 얘기다. 이것이 풍류객의 멋과 운치가 아니겠는가. 그러한 사랑의 선약을 정다운 그녀에게 아낌없이 준다는 것이다.

계생은 감동하여 거문고로 화답하였다.

> 내게는 그 옛날의 거문고 있어
> 한번 타면 온갖 감회 일어나네.
> 세상에는 이 곡조를 아는 이 없어
> 그 옛날 왕자교의 생황[17]에다 화답하리.
>
> —「증별」

계생은 자신의 거문고를 임의 생황에 맞춰가겠다고 화답했다. 맑은 거문고의 음율과 굵직한 촌은의 목소리는 그들만이 느끼는 아름다운 화음이었다.

20세의 계랑과 50세의 촌은의 사랑은 이렇게 해서 이루어졌다.

정비석의 『명기열전』 「계랑」에서 다음과 같이 묘사했다.

> 이날 밤 두 사람은 시와 거문고로 어울려가며 무한한 정취를 나누다가 새벽녘이 다 되어서야 원앙금침 속에 들었다.
> 유희경은 계생의 무르익은 몸을 가슴 그득히 품어 안으며 말한다.
> "내 오십 평생의 지조를 너로 인해 파계하게 되었으되 이는 진실로 금생의 탁문군을 만난 기쁨이로다."

---

17 왕자교는 주나라 영왕의 태자 진이다. 솔직하게 간하다가 폐하여 서민이 되었다. 생황을 잘 불어서 봉황의 울음 소리까지 내었다. 부구 선인과 만나 30여 년이나 숭고산에 노닐다가, 구씨산 마루에서 흰 학을 타고 신선이 되어 하늘에 올랐다고 전해진다.

계생은 유희경의 넓은 품속에 폭 감싸 안기며 대답한다.

"소첩은 비록 천한 몸이오나, 그런대로 공규를 깨끗하게 지켜온 보람을 오늘밤에야 기쁨으로 느끼게 되옵나이다."

"오오, 영절한지고! 너는 정녕 이 세상에 잘못 태어난 월중항아가 분명하도다!"

오는 말에 정이 가고 가는 말에 정이 와서 운우의 시간이 흐를수록 무르익었다.

마침내 사나이가 거친 호흡으로 몸을 점령하려 들자 계생은 팔을 붙잡으며 호소한다.

"소첩은 사전에 백두음을 불러보고 싶나이다."

인연을 맺기 전에 해로의 맹세를 하자는 뜻이었다.

"그 일랑 염려 말아라. 이심전심인 우리 사이에 백두음이 무슨 필요 있겠느냐."

계생은 그 소리를 듣고 나자 기쁜 마음을 금할 길 없어 오랫동안 굳게 닫아 두었던 옥문을 활짝 열어 정다운 임의 정열을 마음껏 받아들였다.

촌은과 매창은 내소사로 구경갔다.

봄이었다. 꽃은 여기저기에서 피어났다. 산새들의 울음소리가 아름답게 들려왔다. 물소리는 아직도 차가운데 어디선가 목동의 피리소리가 들려왔다.

용안대 넓은 바위에 올랐다.

내려다보니 서해 바다가 눈앞에 펼쳐졌다.

이를 일러 장안의 으뜸가는 호걸이라네
구름 깃발 닿은 곳에 물결은 고요해라
오늘 아침 님을 모셔 신선 얘기 들었는데
제비는 동풍 맞아 지는 해에 높이 떴어라.

—「등룡안대」

대자연을 배경으로 하여 유희경을 일대 호걸이라고 노래했다. 매창은 기상이 웅대한 풍류객 앞에 저절로 머리가 숙여졌다. 그만큼 촌은을 깊이 사랑했다.

촌은도 이에 화답하였다.

> 버들 피는 꽃시절은 잠깐인 것을
> 여윈 몸 주름진 얼굴 고치기 어려워라
> 선녀인들 독수공방 어이 참으리
> 무산의 운우의 정 자주 나누세
>
> ―「희증계랑」

계생이 장군하니 촌은이 멍군한다. 풍류객다운 촌은이다. 얼마나 진솔하고 인간적인가. 청춘은 잠깐이니 늙기 전에 자주 만나 운우의 정을 마음껏 나눠보자는 뜻이다. 두 사람의 마음이 척척 들어맞는다.

선조 25년(1592) 4월 14일 왜구들이 14만의 대군을 이끌고 우리나라를 침공해왔다. 임진왜란이었다. 유희경은 우국지사였다. 국가를 위해 사랑을 버리는 것이 의와 충이라고 생각했다. 유희경은 상경하여 의병을 모아 관군을 도왔다.

짧았던 만남이었다. 매창과 촌은에게는 가혹한 운명이었다.

부슬비가 부슬부슬 내렸다. 하룻밤만 묵어가라는 간곡한 계랑의 간청을 촌은은 거절했다. 임과 헤어져 무너지는 아픔을 어떻게 달래라는 말인가.

> 동풍 불며 밤새도록 비가 오더니
> 버들잎과 매화가 다투어 피었어라
> 이 좋은 봄날에 가장 견디기 어려운 것은

술잔을 앞에 놓고 임과 헤어지는 일이라

—「자한」

뼈가 타도록 저려오는 이 고독감. 사랑보다 견디기 힘든 것이 어디에 있으랴. 잊으려 해도 잊을 수가 없고, 생각하지 않으려 해도 생각나는 것이 오매불망 사람의 마음이다. 매창은 다정다감한 시인이었다. 얼마나 아팠으면 그런 시를 붉게 쏟았을까. 그런 시인이기에 몸과 마음을 촌은에게 아낌없이 주었던 것이다.

그리움은 날로 더해만 갔다. 대문을 첩첩 닫아걸었다. 베갯머리를 적실 뿐, 기약 없이 떠난 사람이다. 매창은 눈물과 시로 달래볼 수밖에 없다.

이별이 하도 서러워 문 닫고 누웠으니
옷자락 하염없이 눈물에 젖는구나
홀로 누운 잠자리는 한없이 외로운데
뜨락 가득 가랑비 내려 노을도 막았어라

—「규원」

상경 후 일자 소식이 없다.
계랑은 다음과 같은 시조를 짓고 아예 수절을 하였다.[18]

---

18 이 시조는 『가곡원류』에 실려 있는데 아래와 같은 주가 실려 있다.
　"계랑은 부안의 명기로 시에 능하며 '매창집'이 있다. 촌은 유희경의 사랑을 받는데 촌은이 상경한 후 전혀 소식이 없었다. 그래서 이 노래를 짓고 수절하였다."

이화우 흩날릴 제 울며 잡고 이별한 님
추풍낙엽에 저도 나를 생각는지
천리에 외로운 꿈만 오락가락하더라

봄비가 내리는데 배꽃
이 흩날린다. 울면서 임
과 이별하였다. 가을이
되었다. 임은 나를 생각
하는지. 추풍낙엽에 귀
를 쫑긋 세우는 이 안타
까움을 어찌하란 말이
냐. 임은 천리 밖에 있고
나는 꿈속에서 몸부림칠
뿐이다. 촌은은 너무나
깊은 정을 주고 갔다. 촌
은에 대한 절절한 그리
움은 이렇게 한도 끝도
없는 것이다.
매창은 다른 남자에게

매창의 「이화우…」 시조비
전북 부안군 부안읍 성황산 서림공원 소재

정을 주지 않고 줄곧 절개를 지켰다.
유희경도 매창을 향한 그리움이 매창 못지않았다.

그대의 집은 부안에 있고
나의 집은 서울에 있어
그리움 사무쳐도 서로 보지 못하고

오동나무에 비뿌릴 젠 애가 끊겨라

—「회계랑」

하나는 서울에 있고 하나는 부안에 있어 그리워도 볼 수가 없다. 오동나무에 비 뿌릴 때는 애간장이 끊어진다. 얼마나 사무쳤으면 그랬을까 싶다. 보고 싶은 마음이야 계랑 못지않았다. 몸은 서울에 있지만 마음은 매창의 가슴 속에 있는 것을.

그리워도 말 못하는 애타는 심정
하룻밤 시름으로 머리가 세었어라.
얼마나 괴로운가 알고 싶거든
금가락지 헐거워진 손가락 보소

—「규원」

상사병으로 자리에 누웠다. 하루하루 괴로움에 몸은 수척해갔다. 헐거워진 금가락지를 보라고 했다. 호소할 길 없는 애타는 심정을 헐거워진 금가락지로 보여줄 수밖에 없었다.

그리워도 말 못하는 매창의 심정은 촌은보다 더했으리라. 얼마나 그리워했으면 금가락지까지 헐거워졌단 말인가. 그것 하나로 사무치는 정을 다 말하고 있는 것이다.

헤어진 뒤 다시 만날 기약이 없어
아득히 먼 곳에 임만 그리오.
언제나 함께 동쪽 달을 볼꺼나
완산에서 취했던 시나 읊조릴 밖에

—「기계랑」

촌은은 전주에서 매창과 함께 노닐었던 옛일을 회상하고 있다. 언제면 함께 달을 바라볼까. 기약이 없으니 취했던 시나 읊조릴 수밖에 없다.

이들은 식영정에도 갔다. 식영정은 전라남도 담양에 있는 정자의 이름이다. 송강 정철의 외척 김성원의 정자로 시인 묵객들이 시를 읊조리던 유명한 곳이다. 이곳을 촌은과 매창이 함께 찾아가 노닐었던 것이다.

이 시는 촌은이 매창과 식영정에서 노닐던 시절을 회상한 시이다. 매창가의 달빛이 어두울 것이라고 생각하고 있다.

> 무등산 앞에는 식영정이 있거니
> 못가의 가는 풀들 쓸쓸도 하이
> 낮은 구름 비를 빚어 밝은 달을 가리니
> 매창의 하룻밤이 어둡기만 하구나.
>
> —「식영정」

세상 일에 관심이 없어졌다. 찾아오는 손님도 없었다. 이젠 서른도 훨씬 넘었다. 촌은을 만난 지도 십오 년이나 되었다.[19] 꽃다운 이십에 정을 주고는 십오 년을 그리움 속에서 살아왔다. 그렇게 세월은 속절없이 흘러갔다.

정비석은 이를 다음과 같이 묘사했다.

---

19 유희경이 전라도 길에 올랐기에 그들은 다시 만날 수 있었다. 유희경이 시에서 '정미년 간 다행히도 만나 즐겼는데'라는 구절로 보아 1607년에 다시 만난 것 같다. 이 시기는 유희경과 매창이 처음 만난 지 15년이 넘는 먼 후일이었다. 그때까지 이들은 서로를 잊지 못하고 있었던 것이다. 이때 지은 시가 몇 편 있지만 그들이 이 후에 만난 기록은 없다. 허경진, 『매창시선』(평민사, 1988), 88쪽.

'나리는 어떻게 되었을까. 그 어른도 이제는 백발이 성성하게 되셨겠지?'

어느 날 서안 앞에 홀로 앉아 그런 명상에 잠겨 있노라니까, 홀연 어디선가 말방울소리가 요란스럽게 들려왔다.

'어마! 이 깊은 산중에 난데없이 웬 말방울소릴까?'

계생은 소스라치게 놀라 얼굴을 들며 귀를 기울였다.

방울소리는 멀리서부터 점점 가까워 온다. 그 순간 계생은

'혹시 그 어른께서?'

그런 생각이 번개같이 떠오르자, 가슴이 터질 듯이 두근거렸다. 그러면서도 무언가 두려워서 벌떡 일어나 문을 열어볼 용기가 나지 않았다. 바위처럼 굳어진 자세로 눌러앉아 있노라니까 방울소리가 문득 방문 밖에서 멈춰지더니, 이윽고

"계랑아! 계랑은 어디 있느냐."

하고 외치는 소리가 들려오는 것이 아닌가.

굵직한 그 목소리는 촌은 유희경의 음성이 분명하였다.

계생은 복바쳐 흐르는 흥분을 억제하려고 눈을 감으며 덤덤이 앉아 있었다. 그러나 그의 눈에서는 별안간 두 줄기의 눈물이 끊임없이 흘러내렸다.

1607년 매창은 유희경과 재회하였다. 처음 만난 지 15년이 넘었다. 그때까지 그들은 서로 잊지 못하고 애타게 보고 싶어했다.

옛부터 님 찾는 것은 때가 있다는데
시인께선 무슨 일로 이리도 늦으셨는가
내 온 것은 님 찾으려는 뜻만이 아니라
시를 논하자는 열흘 기약 있었기 때문이라오.

—「중봉」

촌은이 완산에 갔을 때 매창이 촌은에게 10일간만 묵어가라고 애원하여 이 시를 지어주었다. 기약 없이 떠났다가 늦게사 찾아왔기에 유희경

─────── 매창 묘소

전라북도 기념물 제65호 전라북도 부안군 부안읍 서외리 567 매창공원 소재

은 매창의 기약 때문이라고 변명을 했다. 보고 싶어 하는 촌은과 매창의
사랑하는 마음이 복합적으로 나타나있다.

　촌은이 떠난 후 매창의 병세는 좀처럼 차도가 없었다. 죽음이 목전에
왔음을 예감했다.

　　　독수공방 외로움에 병든 이 몸은
　　　기나긴 사십년이 길기도 해라
　　　묻노니 인생은 그 얼마나 사는고
　　　가슴 속 시름이 맺혀 옷 적시지 않은 날 없네

　　　　　　　　　　　　　　　　　　　　　　　　　─「병중수사」

　촌은과의 재회 삼 년 후 매창은 죽었다. 서른여덟의 한 많은 세상을
두고 갔다. 매창은 죽기 전에 촌은을 한 번만이라도 꼭 만나고 싶어했
다. 신분에 누가 미칠까 촌은에게 끝내 알리지 않았다. 죽을 때까지도

임을 먼저 배려한 아름다운 계랑이었다.

촌은은 계랑의 부음을 듣고 망연자실했다. 자신에게 온 정성을 다 바쳤던 계랑. 어떻게 해야 넋을 위로할 수 있을까. 서둘러 부안으로 내려갔다. 그녀의 무덤 앞에서 끝내 복받쳐 올라 오열을 터트렸다.

촌은은 가슴에 저며 오는 아픔을 이렇게 읊었다.

> 맑은 눈 하얀 이에 푸른 눈썹의 계랑아
> 홀연히 뜬 구름 따라 간 곳 아득하다
> 꽃다운 넋 죽어서 저승으로 갔는가
> 그 누군가 너의 옥골 고향에 묻어주리
> 객지의 초상이라 문상객이 다시 없고
> 오로지 경대 남아 옛향기 그윽하다
> 정미년간 다행히도 서로 만나 즐겼는데
> 이제는 슬픈 눈물 옷을 함빡 적시누나.[20]
>
> ― 「차임정자도옥진운」

---

20 매창의 죽음에 대해서는 논란의 여지가 있는 것으로 보인다. 촌은, 「次任正字悼玉眞韻」으로 미루어보면 매창은 객지, 서울에서 죽어서 그 관을 부안에 묻은 것으로 보인다. 지봉 이수광이 촌은에게 보낸 시를 들어 매창이 서울에 있음을 입증하고 있다.

오직 당나라 두자미만 따를 뿐이요
송나라 진황은 배우지 않는구나
집은 가난하고 서재에 풍악 없어도
매창의 정다운 웃음소리 향그럽구나.

또한 촌은 시에 나오는 "重逢癸娘…在完州時 娘謂余日願爲十日論詩"를 들어 이런 처지에서 어찌 서울로 갈 수 없겠느냐고 반문하고 있다.
김지용, 「매창문학 연구」, 『매창전쟁』(고금, 1999), 61~62쪽.

이제 님은 가고 빈 경대만 남아 있다. 촌은의 가슴속에다 매창은 영원한 둥지를 틀었다. 촌은은 매창을 잊을 수가 없는 것이다.

> 그 누가 나를 찾아 싸리문 두드리나
> 담은 헐어 쓸쓸한데 난설만 흩날린다.
> 홀로 앉아 설중 매화나 읊고 샒이
> 늙은 나의 사는 보람 고작이라네
>
> ―「설중상매」

돌아앉아 눈 속의 매화를 쳐다보며 매창을 생각하고 있다. 담담한 마음이지만 80세가 되도록 아직도 매창을 잊을 수 없다. 이렇게 일생을 잊지 못하는 것이 사랑이다. 사랑은 단 한 번 왔다가는 것이다. 단한 번 찍힌 화인은 영원히 가슴에서 지워지지 않는 법이다. 이것이 사랑이다.

2. 매창과 허균

1601년 7월 23일 허균은 부안에서 매창을 만났다. 매창이 촌은과 이별한 약 10년 후의 일이다. 수절하였다는 기록이 전하기는 하지만 일생 동안 수절하였는지는 확실치 않다. 허균을 만나기 전 김제군수로 내려온 이귀가 매창을 만났다는 기록이 있다. 그는 1601년 3월 21일 조정의 탄핵으로 파직되었다. 석 달 후 허균은 매창을 만났다. 허균은 매창이 이귀의 애인이었다는 사실을 알고는 하루 종일 시와 술을 주고받으며 즐겼지만 함께 잠자리에 들지는 않았다. 사실 매창이 이귀의 애인이었는지는 확인할 수 없다. 촌은과 이별 후 수절했다면 마음을 준 사이는 아닌 것으로 보인다.

허균이 해운판관이 되어 매창과 함께 부안에 머물렀다.

부안에 온 날은 비가 몹시 내렸다. 허균은 객사에서 머물렀다. 계랑은 거문고를 타며 시를 읊었다. 처음 만난 그날부터 매창을 좋아했다. 그러나 육체적으로 사랑하지는 않았다. 그는 십 년 뒤에도 이날의 첫 만남을 기억하면서 "만일 그 때에 조금이라도 다른 생각이 들었더라면 우리가 이처럼 십 년씩이나 가깝게 지낼 수 있었겠느냐."[21]고 물었다. 그토록 여자를 좋아했던 허균이었건만 매창과는 끝내 어지러운 지경에 이르지는 않았다. 정신적인 연인으로서 서로 사랑을 나눈 것이다. 기생의 신분이었지만 매창이 얼마나 정감 있는 여성인지를 알 수 있다.

허균이 자기를 좋아하는 줄 알면서도 그의 몸까지 받아들일 수는 없었기에 조카딸을 허균의 방으로 들여보내 주었다. 매창의 마음씨 또한 놀랍다.

다음은 허균의 「조관기행」 일절이다.

신축년(1601)……7월……임자(23일), 부안에 이르렀다. 비가 몹시 내렸으므로, 객사에서 머물렀다. 고홍달이 와서 뵈었다. 기생 계생은 이귀의 정인이었는데, 거문고를 끼고 와서 시를 읊었다. 얼굴이 비록 아름답지는 못했지만, 재주와 정취가 있어서, 함께 얘기를 나눌 만하였다. 하루 종일 술을 나눠 마시며, 서로 시를 주고받았다. 저녁이 되자 자기의 조카딸을 나의 침실로

---

21 봉래산의 가을빛이 한창 짙어가니, 돌아가고픈 생각이 문득문득 난다오. 내가 자연으로 돌아가겠단 약속을 저버렸다고 계랑은 반드시 웃을 거외다. 우리가 처음 만난 당시에 만약 조금치라도 다른 생각이 있었더라면, 나와 그대의 사귐이 어찌 10년 동안이나 친하게 이어질 수 있었겠소
　　　　　　　　　　　　　　　　　　— 매창에게 보내준 허균의 편지, 기유년 1609년 9월

보내주었으니, 경원하면서 꺼리었기 때문이었다.

— 허균의 「조관기행」에서

그토록 지혜 있는 여인이었기에 처음 만나자마자 시를 주고받으며 즐 겁게 풍류를 즐길 수 있었던 것이다.

허균은 매창과 헤어진 뒤 몇 달 동안 중국 사신들을 접대하느라 무척 바빴다. 1608년 8월 공주목사에서 파직된 허균이 부안현 우반 골짜기 정 사암으로 들어와 쉬었다. 매창도 허균의 영향을 받아 천층암으로 들어 가 참선을 시작했다.

> 천층 산 위에 그윽이
> 천년사가 서있어
> 상서로운 구름 속으로
> 돌길이 났어라
> 풍경소리 꺼져가고
> 별빛, 달빛 밝은데
> 온 산에 단풍이 들어
> 가을 소리가 그득하다

—「등천층암」

과거와 같이 애절한 그리움은 나타나 있지 않다. 거기서 수양하며 참 선했다. 계랑의 마음은 가을 하늘처럼 맑았다. 한 조각 구름처럼 그리움 은 가을 하늘을 떠돌았다.

계랑은 천층암에서 그다지 멀지 않은 어수대에 올랐다. 어수대는 변 산의 의상봉 정상에 있는 대의 이름이다.

천년 왕업의 옛터엔
겨우 어수대만 남았어라.
지나간 옛일이야 누구에게 물으리오.
바람결에 학이나 불러볼까.

　　　　　　　　　　　　　　　　　　— 「등어수대」

　남의 말 하기를 좋아하는 것이 세상인심이다. 허균이 떠나간 뒤 매창이 허균과 가까워졌다는 소문이 퍼졌다.
　계랑과 가깝게 지낸 태수가 있었다. 태수가 떠나간 뒤 고을 사람들은 그를 위해 비석을 세워주었다. 어느 날 밤 달도 밝은데 계랑이 성황산 그 비석 옆에서 「산자고새」의 슬픈 노래를 불렀다. 이로 인해 '매창이 눈물 흘리며 허균을 원망하였다'는 소문이 퍼졌다.
　1609년 1월 주위 사람들에게 놀림을 받은 허균이 매창에게 편지를 보내어서 비석 앞에서의 사건을 나무랐다.[22] 10월 매창이 비석 앞에서 거문고를 타며 노래 부르던 모습을 허균의 친구 이원형이 이를 보고 시[23]

---

22 계랑에게
　　계랑이 달을 바라보면서 거문고를 뜯으며 「산자새고」의 노래를 불렀다니, 어찌 그 윽하고 한적한 곳에서 부르지 않고 부윤의 비석 옆에서 부르시어 남들의 놀림거리가 되셨소. 석자 비석 옆에서 시를 더럽혔다니, 이는 낭의 잘못이오. 그 놀림(계랑이 허균을 그리워하며 울었단 소문)이 곧 나에게 돌아왔으니 정말 억울하외다. 요즘도 참선을 하시는지. 그리움이 몹시 사무친다오.
　　　　　　　　　　　　　　　　　　— 기유년(1609) 정월 허균
23 한가락 거문고를 뜯으며
　　자고새를 원망하는데
　　거친 비석은 말이 없고
　　달마져 외로와라
　　그 옛날 현산에 세웠던

를 지었다. 그 시가 잘못된 소문을 증명한 꼴이 되어 허균은 형조참의로 세 차례나 사간원의 탄핵을 받았다.

계랑은 세상과 담을 쌓고 대문을 굳게 걸어 잠갔다. 병을 핑계 삼아 아예 손님도 받지 않았다.

> 잘못은 없다지만 뜬소문 도니
> 여러 사람들 입들이 무섭기만 하여라
> 시름과 한스러움 날로 그지없어
> 병난 김에 차라리 사립문을 걸어라
>
> —「병중」

매창과 허균의 만남은 육을 넘어선 사랑이었다. 시험하거나 서로 욕되게 하지 않았다. 시주로서의 친구 간이었다고나 할까. 그만큼 그들은 시를 좋아했고 그렇기 때문에 인간적인 사귐을 오랫동안 유지할 수 있었던 것이다. 그들의 나이 차이도 불과 4년 밖에 되지 않았다.

허균은 서자 이달에게서 시를 배웠다. 그는 현실에 순응하기보다는 현실을 극복하고자 했다. 어쩌면 사회의 그늘에 있는 천민들을 동정하여 그들과 함께 사회의 정의를 실현하고자 했을 것이다. 궁벽한 변산반도 시골 기생 매창과 사회의 반항아로서의 허균이 이런 점에서 자연 의기투합하였을지도 모르는 일이다. 아무튼 그들은 진정한 남녀 간의 사랑을 이루지는 못했지만 그들이 나눈 정신적인 나눔은 오래오래 남아

남녘 정벌의 비석에도
그 또한 아름다운 여인이 있어
눈물 흘렸던 일이 있었나

허균 허난설헌 생가 ─────
강원도 문화재자료 제59호, 강원도 강릉시 난설헌로 193번길 1–16 소재

우리에게 전해지고 있다.

허균도 계량의 소문을 듣고 부안에 머물렀다는 기록이 있는데 『성소
복부고』에 「애계랑」 두 수가 전한다. 한 수를 소개한다.

>아름다운 글귀는 비단을 펴는 듯하고
>맑은 노래는 구름도 멈추게 하네.
>복숭아를 훔쳐서 인간세계로 내려오더니
>불사약을 훔쳐서 인간무리를 두고 떠났네.
>부용꽃 수놓은 휘장엔 등불이 어둡기만 하고
>비취색 치마엔 향내가 아직 남아있는데
>이듬해 작은 복사꽃 필 때쯤이면
>그 누가 설도의 무덤 곁을 찾아오려나.[24]

---

24 시의 본문 중 설도는 당나라 중기의 이름난 기생이다. 음률과 시에 뛰어나서 언제나
  백낙천, 원진, 두목 등의 시인들과 시를 주고받았다. 여기에선 매창을 뜻한다.

가람 이병기도 매창을 추모하였다. 사람은 갔지만 매창의 향기는 지금도 남아 있다. 예술은 천년을 남는다고 했던가. 가람의 「매창뜸」이란 시조이다.

돌비는 낡아지고 금잔디 새로워라
덧없이 비와 바람 오고가고 하지 마는
한줌의 향기로운 이 흙 헐리지를 않는다

이화우 부르다가 거문고 비껴두고
등 아래 홀로 앉아 누구를 생각하는지
두 뺨에 젖은 눈물이 흐르는 듯 하구나

나삼상 손에 잡혀 몇 번이나 찢었으리
그리던 운우도 스러진 꿈이 되고
그 고운 글발 그대로 정은 살아 남았다.

매창은 부안읍에서 남쪽으로 5리 남짓 되는 봉덕리 공동묘지에 묻혔다. 그가 그토록 즐겨 뜯던 거문고도 함께 묻었다. 그 뒤 이곳을 '매창이뜸' 이라고 불렀다. 부안읍 봉덕리 4구 교도부락의 공동묘지이다.

그가 죽은 뒤 45년 후인 을미 1655년(효종 6년) 그의 무덤 앞에 비석이 세워졌다. 그 뒤 13년 후 1668년 10월에 부안현 아전들이 구전으로 전해지는 58편의 시를 모아 『매창집』을 엮어 개암사에서 간행하였다. 58수라고는 하지만 총 54수가 남아 있다. 시조는 3수가 전한다.

1917년 3월 옛 비석의 글씨가 이지러졌으므로 부풍시사에서 높이 4척, 폭 2척의 비석을 다시 세웠다. '명원이매창지묘' 라고 새겨져 있다. 무풍시사에서 해마다 매창의 제사를 지내왔다. 부풍시사에서 매창의 무덤을 돌보기 전에는 마을의 나무꾼들이 매년 벌초를 해왔다고 한다. 무식한 나무꾼들도 매창의 거문고와 시를 사랑했던 것이다. 남사당이나 가극단·유랑극단이 들어올 때면 읍내에서 공연을 하기 전에 이곳 매창 이뜸 무덤을 찾아와서 한바탕 굿판을 벌였다고 한다. 이 매창의 무덤은 전라북도 기념물 제65호로 지정되어 있다.

1973년 4월 27일 매창기념사업회(회장 김태수)에서 매창이 즐겨 노닐던 성황산 기슭 서림공원에다 매창 시비를 세웠다. '이화우 흩뿌릴제……'가 송지영의 글씨로 새겨져 있다. 금대와 혜천 한가운데이다. 아울러 배꽃이 흩날리는 봄철이면 매창문화재를 개최하고 있다.

1997년에는 부안군에서 서림공원 문학마당에 매창 시비를 세웠다. 매창 시비에 「백운사」라는 한시가 새겨져 있다.

매창의 삶과 시문학 정신을 기리는 매창추모제를 부안 지방의 시인 묵객들로 구성된 부풍시사에서 수백 년 동안 지내왔다. 그러나 2001년부터 전국적인 규모의 매창문화재로 확대, 매년 4월 말이면 청소년 예술제, 매창 백일장, 국악 한마당 등 다양한 장르의 행사를 개최하여 그 의미를 새롭게 하고 있다.

연모지정

제3장 뭇버들 가려 꺾어, 홍랑²⁵⁾

홍랑은 선조 때 함경도 홍원의 이름난 기녀이다. 어려서부터 미모와 시재가 뛰어났다. 그녀는 둘도 없는 효녀였다. 어머니가 병으로 누워 있는데 백방으로 간호하였으나 차도가 없었다.

경성에서 80여 리 떨어진 곳에 명의가 있다는 말을 듣고 어린 몸으로 혼자 길을 떠났다. 밤낮으로 사흘을 걸어 도착했다. 어린 효성에 감탄한 최의원이 나귀등에 홍랑을 싣고 그녀의 집으로 갔다. 홍랑의 어머니는 숨져 있었다. 어머니를 뒷산에 묻고 홍랑은 석 달 동안 무덤에서 떠나지 않았다.

최의원은 홍랑의 갸륵한 효심과 사람됨을 보고 수양딸처럼 키웠다. 시문과 예의범절을 가르쳤다. 그러나 최의원의 극진한 애정도 혈육 한 점 없는 그녀의 외로움을 달래줄 수는 없었다. 어머니의 무덤을 자주 뵐 수 있는 곳으로 가겠다는 것이 그 이유였다. 홍랑은 최의원의 집을 떠났다.²⁶⁾

---

25 신웅순, 앞의 책, 218~225쪽에서 발췌 및 보완함.
26 박을수, 앞의 책, 101~103쪽에서 발췌.

홍랑가비 ────────
전라남도 영암군 군서면 구림리 소재

그후 기적에 몸을 얹었다. 그녀를 아는 사람들은 그녀를 아까워했다.

고죽 최경창은 중종 34년(1539년)에 나서 선조 16년(1583년)에 졸하였다. 본관은 해주이며 전라도 영암에서 어린 시절을 보냈다. 자는 가운이고 호는 고죽이다. 박신의 문인이며 28세에 문과에 급제하여 정언·종성부사 등을 역임했다. 문장과 학문에 능해 이이·송익필·최립 등과 함께 팔문장으로 일컬으며 당시에 뛰어난 백광훈, 이달과 함께 '삼당시인'이라는 칭호를 받았다. 율곡 이이는 그의 시를 가리켜 '청신준일(淸新俊逸) 하다' 고까지 평했다.

고죽은 악기 다루는 재주도 뛰어났다. 어렸을 때 일이다. 고죽이 서호강을 건너는데 왜구들이 쫓아왔다. 이에 고죽이 피리를 불었는데 그 소리를 들은 왜군들은 "저 배에는 귀신 神자에 사람 人자, 神人이 있다"며 쫓아가기를 포기했다.

경성은 여진족을 비롯한 많은 이민족의 침입이 있었던 국방의 요지였

연모지정

다. 선조 6년 고 최경창이 북도평사로 경성에 왔다.

부임 후 어느 날 취우정에 나갔다. 여러 사람들이 술자리에 어울렸다. 고죽은 여기에서 홍랑을 만났다.

> "홍랑아, 내 네 집안 일을 다 들어 알고 있었다. ……."
> "네? 평사님께서 어떻게……."
> "내, 네 어머님의 일과 너의 지극한 효성, 그리고 최의원 일까지 잘 알고 있느니라."
> "……."
> "그 지극한 효성이 가상하구나."
> "……."
> 말을 못하고 앉아 있는 홍랑의 얼굴에서 눈물이 흘러 방바닥에 떨어진다. 촛불이 짐짓 심지를 태운다. 한동안 둘 사이에는 침묵이 흘렀다.
> "홍랑아 눈물을 거두렴. 네 눈물을 보니 내 마음이 아프구나."
> "송구스럽사옵니다. 이 미천한 것을……."
> "아니다. '부혜생아하시니 모혜국아하시고 욕보기덕인데 호천망극이라 (父兮生我 母兮鞠我 欲報其德 昊天罔極)' 하지 않았느냐? 너의 마음을 내가 충분히 이해한다."
> 고죽은 손을 들어 홍랑의 등을 어루만지며 위로했다. 홍랑은 고마웠다. 일개 천기인 자기를 그렇게 생각해주는 고죽이 고마웠다. 이 어른에게 모든 것을 드리고 의지하고, 거기서 아버지의 체취를 느끼고 싶었다. 홍랑은 고죽의 가슴에 쓰러졌다. 흐느낌이 어깨를 추이게 했다. 고죽은 말없이 그녀를 감싸 안았다.[27]

최씨 후손들이 살고 있는 경기도 파주시 교하에도 위와 비슷한 두 사

---

27 위의 책, 106~7쪽.

람의 만남의 이야기가 전해오고 있다.

> 고죽이 변방에 군사 활동을 나갔다가 그 지역 관리가 마련한 술자리에 참
> 석했는데 그 자리에 홍랑이 있었다. 주거니 받거니 하면서 시를 읊는데 홍랑
> 이 함께 있는 사람이 고죽인지 모르고 그의 시를 읊었다. 이에 고죽이 누구
> 의 시를 좋아하냐고 묻자 홍랑이 고죽 선생의 시를 좋아한다고 대답하고, 그
> 때서야 최경창이 자신의 신분을 밝혔다는 것이다.[28]

홍랑은 고죽에게서 한 사람의 남자, 아니 부모의 정을 되찾았다. 이렇
게 해서 고죽은 홍원 출신 어린 기생 홍랑과 깊은 정을 맺었다.

그것도 잠시였다. 이듬해 봄 고죽은 서울로 내직 발령을 받았다. 홍
랑은 경성에서 쌍성까지 고죽을 마중 나갔다. 더 이상 따라갈 수가 없
어 홍랑은 발길을 돌렸다. 함관령에 이르렀을 때 날은 저물고 봄비가
주룩주룩 내렸다. 홍랑은 이곳에서 서울로 떠난 고죽에게 시조 한 수
「묏버들 가려꺾어…」 지어 보냈다. 애틋하고도 간절한 그리움의 시조
였다.

> 묏버들 가려 꺾어 보내노라 님에게
> 주무시는 창 밖에 심어두고 보소서
> 밤비에 새 잎이 나거든 저인 줄 여기소서

이능화, 『조선해어화사』에 최경창과 홍랑의 사랑이야기가 전해오고
있다.

---

28 KBS 역사스페셜, 「기생 홍랑의 지독한 사랑」, 『역사스페셜 5』(효형출판, 2008), 264쪽.

최경창의 『기문총담』에 이르기를 홍원기 홍랑은 자색이 있고 절의를 사랑하였다. 고죽 최경창이 북평사로 있을 때에 홍랑을 사랑하였다. 최가 벼슬이 바뀌어 돌아가게 되자 홍랑이 쌍성까지 따라가서 송별하였다. 최가 함관령에 도착했을 때 날은 어둡고 비까지 내려서 쓸쓸함을 이기지 못해 노래 한 장을 지어 홍랑에게 보냈다. 그 뒤에 최가 병들었다는 소식을 듣고 홍랑이 그날로 길을 떠나 밤낮으로 7일 만에 도성에 도착하였으나 나라의 법금 때문에 체류를 허락받지 못하였다. 최가 병이 쾌차한 뒤에 '증별'의 시를 지어 홍랑에게 보냈다.[29]

서울로 돌아간 최경창은 을해년에 병이 들어 봄부터 겨울까지 자리에서 일어나지 못했다. 홍랑은 소식을 듣고 7일 밤낮을 걸어 한양에 도착했다.

이 문병이 문제가 되어 최경창은 파직되었다. 그때는 국방의 이유로 평안도와 함경도 사람들의 도성 출입이 제한되어 있었고 다른 지방 사람들과 결혼하는 것도 금지시켰다. 또한 명종 왕비인 인순왕후가 승하한 지 1년도 채 안된 국상 중이었다.

선조 9년 1576년 5월 사헌부가 전적 최경창이 관비를 데리고 산다고 파직을 청했다. "전적 최경창은 식견이 있는 문관으로서 몸가짐을 삼가지 않아 북방의 관비를 몹시 사랑한 나머지 불시에 데리고 와서 버젓이 데리고 사니 이는 너무도 기탄없는 것입니다. 파직을 명하소서."[30]

이런 비상시에 관원이 기생과 함께 놀았다고 하여 파면되었다. 당쟁이 치열했던 때라 무엇이든 일이 있으면 정적의 표적으로 삼았다. 최경

---

29 이능화, 앞의 책, 275쪽,
30 『조선왕조실록』 선조 10권, 9년, 5월 2일(갑오) 2번째 기사.

창이 홍랑을 첩으로 삼았다고 비화되기까지 했다.

홍랑은 발걸음을 돌렸다. 고죽은 면직보다도 홍랑과의 이별이 더 가슴 아팠다. 병이 나은 후 고죽은 홍랑에게 자신의 그리움을 송별 시에 담아 보냈다. 고죽은 홍랑에 대한 애틋한 시 「증별 1, 2」, 「번방곡」[31]을 남겼다.

두 줄기 눈물 흘리며 서울을 나서네
새벽 꾀꼬리가 헤어지는 걸 알고서 수없이 울어주네
비단옷 천리마로 강 건너고 산 넘는 길
아득한 풀빛만이 혼자 배웅해주네

—「증별 1」

서로가 뛰는 마음으로 바라보며 그윽한 난초를 건네주네.
이제 하늘 끝으로 가버리면 언제나 돌아올까.
함관령 노래는 옛곡조이니 부디 부르지 마소.
지금은 운우의 정이 푸른 산을 뒤덮었네.[32]

—「증별 2」

버들가지를 꺾어서
천리 머나면 님에게 부치오니
뜰앞에다 심어 두고서
날인가도 여기소서.
하룻밤 지나면
새잎 모름지기 돋아나리니,

---

31 홍랑이 최경창에게 시조를 지어 주었는데 최경창이 이를 한시로 번역하였다.
32 허경진 역, 『고죽최경창시선』(평민사, 1994), 39쪽.

초췌한 얼굴 시름 쌓인 눈썹은
이 내 몸인가 알아주소서[33]

— 「번방곡」

　파직 후 최경창은 평생을 변방의 한직으로 떠돌다 선조 9년(1583년) 45살의 젊은 나이로 객사했다.

　남학명의 문집 『회은집』에는 "고죽이 죽은 뒤 홍랑은 스스로 얼굴을 상하게 하고 그의 무덤에서 시묘살이를 했다"고 말하고 있다. 3년의 세월 동안 움막을 짓고 씻지도 않고 꾸미지도 않았으며 묘를 지켰다. 임진왜란 때에는 고죽의 시고를 등에 짊어지고 다녀서 병화를 면하였다. 3년상을 마치고 무덤을 지켰던 홍랑은 전쟁이 일어나자 피난길에 올랐다. 고죽이 남긴 시를 정리해 고향으로 돌아간 것이다. 고죽의 시가 지금까지 남아 있는 것은 홍랑의 순전한 사랑 때문이었다. 홍랑이 죽자 고죽의 무덤 아래에다 장사지냈다. 지금도 최경창 부부의 합장묘 바로 아래 홍랑의 무덤이 있다.[34]

　홍랑은 일생을 통해 고죽을 두 번 만났다.

　사랑에는 남녀노소의 구별이 없으니 인연이라는 것이 있나보다. 홍랑이 고죽을 사랑하지 않았더라면 고죽의 시고는 병화에 없어졌을지도 모른다. 홍랑이 있었기에 오늘의 고죽이 있고 고죽이 있었기에 또 오늘의 홍랑이 있다. 진정한 사랑이란 바로 이런 것을 두고 말하는 것이리라.

---

33 위의 책, 94쪽.
34 KBS 역사스페셜, 앞의 책, 271~272쪽. 홍랑의 무덤은 경기도 파주시 교하면 다율리에 있는 해주 최씨의 선산에 묻혀 있다.

고죽 시비 ───
전라남도 영암군 군서면 구림리 소재
고죽의 「번방곡」과 홍랑의 시조 「묏버들」이 새겨져 있다.

최경창은 뛰어난 시인이었다. 삼당시인의 한 사람인 손곡 이달과는 자별한 사이였다. 한번은 이달이 고죽의 임소를 지나다가 정을 주었던 기녀가 상인이 파는 자운금을 보고 사달라고 졸랐다. 때마침 이달은 가진 돈이 없으므로 고죽에게 「증최경창」이란 시를 써서 보냈다.

> 호남의 장사꾼이 강남시에서 비단을 파는데
> 아침 햇살이 비치어 자줏빛 연기가 나는구려
> 정을 주었던 여인이 자꾸 치맛감을 보채지만
> 화장그릇 뒤져보나 내줄 돈이 한푼도 없구려
>
> ─ 이달, 「증최경창」

고죽이 이 시를 보고 회답하기를 "가치로 말하면 어찌 금액으로 헤아리겠오? 우리 읍이 본시 작으니 넉넉히는 보답 못하오." 하고 쌀 한 섬을 보내니, 이달이 그 기녀에게 자운금 한 필을 사서 주었다고 한다.

고죽은 국문학사상 시가의 대가인 정철과도 교우가 두터웠는데 그가 경성에서 병석에 있다는 소식을 듣고 송강이 달려갔으나 이미 사거했음을 알고 「만최가운」 시를 지어 애도하기도 하였다.

> 필마가 구름 속으로 드니
> 동풍은 어느 곳에서 우는가
> 장군이 세유에 누웠으니
> 다시는 구름 다리엔 오르지 못하리

또 송강의 4세손 장암 정호의 문집에는 고죽의 후손들과의 우의가 5대에까지 연계되었다는 기록이 있어 저들의 교유가 범연하지 않았음을 알려주고 있다.[35]

---

35 박을수, 앞의 책, 110~111쪽.

제4장 홍장, 소춘풍, 금춘, 두향, 진옥

1. 한송정 달 밝은 밤에, 홍장[36]

홍장과 박신과의 사랑 이야기가 『동인시화』, 『조선해어화사』에 전해 오고 있다.

박신은 젊은 시절에 강원도 안렴사로 갔다. 거기에서 강릉 기생 홍장을 만나 사랑했다. 박신은 만기가 되어 한양으로 떠나게 되었다. 부윤인 석간 조운흘이 박신에게 짐짓 거짓으로 말했다.

"홍장은 이미 신선이 되어 떠나갔다네."

헤어지는 슬픔을 죽음으로 대신하다니 박신은 가슴이 아팠다.

강릉 경포대는 관동 제일의 명승지이다.

휘영청 달 밝은 초가을 밤, 그곳에서 박신의 송별연이 있었다.

조운흘은 남몰래 홍장에게 아름답게 치장하게 하고는 별도로 화선(畵船) 한 척을 준비했다. 그리고 수염과 눈썹이 하얗게 센 늙은 관원을 처

---

36 신웅순, 앞의 책, 222~225쪽에서 일부 수정 발췌 보완하였음.

용 모양으로 꾸몄다. 화선 위에는 시를 쓴 채액(彩額)을 걸어두었다. 화선에 탄 홍장은 마치 물 위를 떠다니는 신선 같았다.

> 신라 성대의 늙은 안상은
> 천년의 풍류를 잊지 못하고
> 안렴사가 경포호에서 노닌다는 말 들었지만
> 홍장은 차마 배에 싣지 못하였네

배가 서서히 노를 저으며 포구에 들어가 물가를 왔다갔다했다. 울려오는 거문고, 피리소리는 공중에서 들려오는 듯했다. 부윤이 안렴사, 박신에게 말하였다.

"이곳은 예로부터 신라의 유적이 있습니다. 산꼭대기에는 차를 끓이던 다조(茶竈)가 있고, 수십리 떨어진 곳에는 한송정이 있는데 그 정자에는 사선비(四仙碑)가 있습니다. 지금도 그 정자와 사선비 사이로 신선들이 왕래한다고 합니다. 꽃피는 아침이나 달 밝은 밤이면 사람들은 그들을 볼 수 있으나 접근할 수는 없다고 합니다."

"산천 풍경이 이리도 빼어나나 제게는 경치를 즐길 만한 여유가 없습니다."

박신의 눈에는 눈물이 가득했다. 홍장에 대한 박신의 그리움을 그 누구도 달랠 길이 없었다. 이때 배 한 척이 그들 앞에 닻을 내렸다. 노인의 모습이 매우 기이했고 배 안에는 아리따운 기녀가 춤을 추며 노래를 부르고 있었다. 박신이 깜짝 놀랐다.

"분명 하늘에서 하강한 신선이리라."

자세히 보니 홍장이었다. 자리에 있던 사람들이 박신을 보며 박장대소했다. 그날 밤 뱃놀이 송별회는 매우 즐거웠다.

———— 경포호
강원도 강릉시 저동 소재

  박신이 떠난 지 몇 개월이 지났다. 일자 소식도 없었다. 박신이 원망
스러웠다. 전전반측 잠자리요, 베갯머리 눈물이었다. 홍장은 단장의 하
소연을 시조로 읊었다.

  한송정 달 밝은 밤에 경포대에 물결이 잔 제
  유신한 백구는 오락가락 하건마는
  어찌타 우리의 왕손은 가고 아니 오는고

  한송정 달은 밝고 경포대 물결은 잔잔한데, 신의 있는 갈매기는 예전
같이 왔다갔다하건마는, 어찌하여 그리운 왕손, 우리 님은 한 번 가고
오지 않는 것인가. 절절한 애모의 시조이다.
  1년이 지나서야 박신은 순찰사가 되어 강릉으로 돌아왔다. 그는 홍장
을 한양으로 데리고 올라가 부실로 삼았다. 홍장의 지극한 사랑은 이렇
게 해서 열매를 맺었다.
  강릉 경포대 한송정에는 다섯 개의 달이 뜬다고 한다. 하늘에 뜨는 달

홍장암 ————
강원도 강릉시 저동 소재

(天月), 경포호에 뜨는 달(湖月), 술잔에 뜨는 달(樽月), 님의 눈에 뜨는 달(眼月), 그리고 님의 가슴에 뜨는 달(心月)이다. 한송정은 시인 묵객들이 풍류를 즐기던 곳이다. 묵객의 벼룻물에도 달은 뜰 것이다(硯月). 그러면 여섯 개의 달이 뜨는 셈이다.

경포대 호숫가에는 정자 방해정이 있고 그 정자 앞에 홍장암이 있다. 홍장이 경포대에 놀러오면 반드시 그 바위 위에서 놀다갔다고 한다. 후세 사람들은 그 바위를 '홍장암'이라고 불렀다.

혜숙공 박신(1362~1444)은 여말 선초의 문인으로 자는 경부이고 호는 설봉이다. 정몽주의 문인으로 벼슬은 이조판서에 올랐다. 홍장은 『해동가요』, 『가곡원류』 등 가집에 '강릉 명기'라고만 기록되어 있을 뿐 그녀의 행장에 대한 기록은 없다.

정철의 「관동별곡」에 홍장 고사의 이야기가 언급되어 있고, 이익의 제자 신후담은 홍장 고사를 소설화하여 『홍장전』을 지었다. 김태준의 『조선 소설사』의 「속열선전」에서도 여러 소설 등과 함께 거론된 바 있다.

한 척의 배를 띄워 정자 위에 올라가니, 강문교를 넘어선 곁에 큰 바다가 바로 거기로다. 조용하도다 이 기상, 너르고 멀구나 저 경계, 여기보다 더 아름다움을 갖춘 데가 또 어디에 있다는 말인가. 홍장의 고사가 야단스럽다 하겠다.
— 정철, 「관동별곡」 부분

하늘, 물, 술잔, 님의 눈동자, 벼룻물에도 달은 뜨고 지지만 세상에 질 줄 모르는 달이 있다. 사랑하는 사람의 가슴에 한 번 뜬 달이다.

2. 앞 말은 희롱이라, 소춘풍[37]

소춘풍은 생몰연대 미상이다. 영흥 명기로 이름을 떨쳤다. 『해동가요』에 시조 2수, 『청구영언』에 1수가 전한다. 성종 때 서울로 뽑혀 올라온 선상기로 가무와 시가에 뛰어났다. 특히 풍자와 해학에 능하여 성종의 총애를 받았다. 차천로의 『오산설림초고』에 그의 시조 3수에 관한 일화가 전하고 있다.

하루는 성종이 여러 대신들과 함께 술자리를 베풀었다. 소춘풍에게 명하여 대신들에게 술을 따르게 했다. 그리고 새 노래를 지어 문사들을 칭찬하라 명했다.

"소춘풍아, 여러 대신들에게 일일이 권하면서 노래를 부르거라."

임금께는 감히 드리지 못하고 영의정 자리로 가 술잔을 올렸다. 그리고 임금의 성덕을 노래했다.

순임금 계시건만
요 임금이 바로 내 님인가 하노라

— 「상신에게 술 권하는 노래」

---

37 위의 책, 98~101쪽에서 수정 발췌 및 보완함.

이때 무신 병조판서는 '상신에게 잔을 올린 뒤에는 마땅히 장신에게 잔을 올릴 것이니 이번에는 술잔이 내게로 오리라.' 생각했다. 그러나 소춘풍은 문관인 이조판서 앞으로 가 잔을 올리는 것이 아닌가.

당우를 어제본 듯 한당송 오늘 본 듯
통고금 달사리하는 명철사를 어떻다고
저 설 데 역력히 모르는 무부를 어이 좇으리

요순시대를 어제 본 듯 한 · 당 · 송나라를 오늘 본 듯, 고금을 두루 알고 사리에 밝은 명철한 선비가 어떻다고 자신의 처지를 모르는 무인을 어찌 좇으리.

'당우'는 덕으로 백성을 다스리던 요순시대, '한 · 당 · 송'은 경학이 융성하던 시대를 말한다. '통고금 달사리'는 고금의 일을 두루 알고 사리에 밝은 것을, '명철사'는 명석하고 사리에 밝은 선비를 말한다.

누가 보아도 무관을 무시한 희롱조의 노래이다. 병조판서는 노기가 등등했다. 눈치채지 못할 리 없는 소춘풍은 이제는 병판에게 다가가 술잔을 올렸다.

앞 말은 희롱이라 내 말을 허물마오
문신 무신 일체인 줄 나도 이미 알고 있사오니
두어라 용맹, 늠름한 무부 아니 좇고 어이하리

병조판서는 아직도 노기가 풀리지 않은 모양이었다. 술자리가 어색하게 돌아갔다. 성종은 자못 놀랐지만 결말이 어찌 되어 가는지 지켜보고 있었다.

소춘풍은 병조판서를 보고 생긋 웃으며 다시 노래 한 가락을 멋들어
지게 뽑아댔다.

> 제나라도 큰 나라요 초나라 또한 대국이라
> 조그만 등나라가 제나라와 초나라 사이에 끼었도다
> 두어라 둘 다 좋으니 제나라, 초나라도 섬기리라

절묘한 응답이었다. 등이라는 조그마한 나라가 대국인 제나라와 초나
라의 틈바구니에 끼어 있으니, 제나라인들 어찌 무시할 수 있으며, 초나
라인들 어찌 무시할 수 있으랴. 모두 다 나의 낭군으로 알고 한결같이
섬기겠다는 것이다.

이에 성종이 크게 기뻐하여 비단·명주·표범의 가죽·호초 등 많은
물건을 상으로 내리셨다. 소춘풍이 혼자 힘으로 운반할 수 없어 입시했
던 장사들이 거들어서 날라다주었다. 이때부터 소춘풍의 이름이 온 나
라에 알려졌다.

소춘풍이 한번은 기방에서 노대감을 모시게 되었다. 노대감이 들어
와도 바로 맞이하지 못하고 늦게 나와 맞았다. 노대감이 화가 나서 캐
물었다.

"어디갔다 이렇게 늦었어?"
"기생의 애인이 어디 하나뿐인가요?"
호들갑을 떨면서 얼른 대감의 손을 끌어다 자기 젖가슴 사이에 사람 '人'
을 크게 써 보인다.
"아! 불구경하고 왔다구? 어디에 불이 났는데?"
젖가슴 사이에 사람 '人'자를 쓰니 양쪽 유두와 어우러져 불 '火'가 된다.

제4장 홍장, 소춘풍, 금춘, 두향, 진옥

이번에는 영감의 손을 덥썩 끌어다가 자기의 그곳에 대었다.

"으음! 음택골에……? 뉘댁에서 불이 났어?"

그러자 소춘풍은 대감의 입에다 자기 입을 맞추었다.

"입이 겹쳤으니 여씨(呂氏)댁이군."

이제는 노대감도 어쩌지 못하고 입이 헤벌어졌다.

"많이 탔어?

소춘풍은 영감의 거기를 덥썩 붙들어 흔들었다.

"저런! 몽땅 타고 ×만 남았다구."[38]

이쯤 되면 웃지 않고는 못 배길 것이다. 칭찬하면 좋아하고 꾸짖으면 싫어하는 것이 사람의 본성이다. 촌부야로, 계급고하를 막론하고 모든 인간을 일시동인하는 불성을 소춘풍은 타고난 것이다. 천상 명기일 수밖에 없다.

성종은 호학의 군주였으나 또한 보기드문 풍류객이기도 했다. 그래서 세인들은 성종을 이르러 '주요순야걸주'라는 말을 하기도 한다.

정비석은 『명기열전』「영흥기 소춘풍」에서 '임금님과 기생'을 다음과 같이 묘사했다.

밖에서 소춘풍을 찾는 한 불청객이 있었다.

"이 밤중에 누구를 찾으십니까?"

"이 댁이 천하의 명기 소춘풍의 댁인가?"

"그러하옵니다만, 어디서 오신 누구이신지?"

"포의한사의 이름을 알아 무엇하겠느냐. 거문고 소리가 하도 아름다워 그대와 더불어 술 한잔 나누고 싶어 두드렸으니 문이나 좀 열어주게나."

소춘풍은 너무나 창황하여 어전에 엎드리며 다급하게 말하였다.

---

38 심영구, 『조선기생이야기』(미래문화사, 2003), 221쪽.

"상감마마 어찌하여 이 누추한 곳까지……."

"소춘풍아! 네가 사람을 잘못 보아도 유만부동이지, 누가 대왕이란 말이냐. 나는 소춘풍이라는 명화를 찾아온 한 마리의 나비에 불과할 뿐이니라. 임금이라면 대궐에서 너를 불렀지 어찌하여 여기까지 행차했겠느냐? 임금이 아닌 지나는 한량의 자격으로 찾은 것이니 달리 생각지 말아라."

"주안상이나 가져오지 뭘 그리 당황해하느냐?"

"네……."

일국의 국왕과 일개 천기는 군주와 천기로서의 신분이 아닌 한 지아비와 지어미의 신분으로 그들은 밤새는 줄 모르고 사랑을 불태웠다.

성종이 38세의 젊은 나이로 승하하자 소춘풍은 서울을 떠나 머리를 깎고 중이 되었다. 입산 시 28세로 법명은 운심이었다. 성종의 은총을 입었다는 설도 있다.

풍류란 무엇이며 멋이란 무엇인가. 시조창 한 수도 부르지 못하는 우리가 아닌가. 풍요로운 경제가 국격을 높여줄 수 있는 것은 아니다. 있는 것도 지키지 못한다면 민족의 긍지와 자부심을 가지고 있다고 말할 수 없을 것이다.

3. 아녀자의 짐짓 농담을, 금춘

박계숙(朴繼淑 1569, 세조 2년~1640, 인조 24년)의 자는 승윤, 호는 반오헌이다. 그는 무과에 급제, 부훈련원정 · 지중추부사를 지냈고 임진왜란 때 순종공신이 되었다. 임란 때 일등공신 박홍준의 아들로 수훈을 세운 무관이기도 하다.

박계숙과 그의 아들 취문이 변방에 부임하면서 쓴 일기가 『부북일기

(赴北日記)』이다. 박계숙의 일기가 24장, 그의 아들 취문의 일기가 55장으로 모두 79장으로 되어 있다.

거기에는 이역만리 변방에 세밑을 앞두고 '초심사석(初心似石)'이 '여금춘동침(與今春同寢)'으로까지 풀어가는 과정이 묘사되어 있다.[39]

> 비록 대장부라도 간장이 쇠가 돌이겠느냐
> 뜰 앞의 예쁜 여인 경계를 삼았더니
> 성중의 호치단순을 잊을 수가 없구나
>
> ……어제 저녁 어둠을 틈타 와본즉 "많은 손님들이 있어서 돌아갔나이다."라고 말하거늘, 더불어 이야기하며 해가 지고 저녁이 되었다. 남아의 탕기로 반년이나 집을 떠나 있으니 어찌 춘정이 없겠는가. 처음에 먹었던 마음을 잊고 춘정을 이기지 못하여, 마침내 붓을 들어 한 수 시를 지어주다.[40]

을사 12월 27일 세밑, 돌과 같은 마음이 서서히 녹아감을 토로하고 있다. 성중은 관할구역이다. 호치단순은 아름다운 여인을 말한다. 예쁜 여인을 보고 경계를 삼았지만 아름다운 금춘을 보니 잊을 수가 없다는 것이다.

> 당우도 친히 본 듯 한당송도 지내신 듯
> 고금 이치 통달한 명철인 다 어디 두고
> 동서도 분별 못하는 무인 사랑주어 무엇하리

---

39 박을수, 앞의 책, 137~144쪽에서 발췌 초록.
40 위의 책, 140쪽.

연모지정

…… 이날 아침 애춘이란 애가 아름다운 금춘을 데리고 방에 들어오니, 그 아름다움이 옛날 서시의 아름다움이요 왕소군의 절색이라. 비단 옷을 입은 모습은 가을 구름에 숨은 달과 같고, 푸른 버들가지에 눈이 돋은 듯하며 연못에 비친 연꽃과 같았다.

　　금춘의 자는 월아, 노래를 잘하며 바둑도 둘 줄 알아 모르는 것이 없었고, 또 거문고와 가야금에 능했다. 저녁이 되도록 이야기하니 어찌 능히 춘정이 없겠는가. 처음 먹었던 돌과 같던 마음이 서서히 풀려가다. ……[41]

기생 금춘의 화답이다. 당우는 당나라 미인 우미인을 가리키고 한당 송은 나라 이름들이다. 훌륭한 재사, 문인들 다투어 정을 주겠다는데 동서도 구별 못하는 무인에게 정을 주어 무엇하겠느냐는 것이다.

　　근엄한 척하지만 낙양성의 벌나비로다
　　광풍에 날려서 여기저기 다니다가
　　변방의 예쁜 꽃가지에 앉아보고 싶구나

체면이 무슨 필요하고 의식이 무슨 필요가 있느냐. 나 역시 벌나비가 아니겠느냐. 바람에 이리저리 날려 다니다가 변방의 아름다운 꽃가지, 당신에게 앉아보고 싶구나. 자연스럽게 우러나온 고백이다.

　　아녀자의 짐짓 농담 대장부 믿지마오
　　문무가 일체임을 저도 잘 알고 있다오
　　하물며 늠름한 대장부께 정 아니주고 어쩌리

---

41 위의 책, 141쪽.

이제야 금춘도 본심을 털어놓는다. 아녀자의 짐짓 농담 믿지 마오. 무신이고 무인이면 어떻습니까? 문무가 일체임을 잘 알고 있습니다. 진정 날 아껴주고 사랑해준다면 그것으로 만족합니다. 우직한 정부의 넓은 가슴이 그리운 아녀자입니다. 솔직하고 늠름한 대장부, 당신께 정을 아니주고 어찌하겠습니까. 당신의 뜻을 따르겠다는 뜻이다.

박계숙은 금춘과 더불어 동침했다. 그들의 뜨거운 가슴은 북국의 설한풍을 녹이고도 남았을 것이다.

다음은 그날의 일기이다.

이날 밤 나는 금춘과 더불어 베개를 베고 같이 잤다. 서로를 사랑하는 견권지정이 깊었다. 김공은 평소에 여자를 가까이 하는 일이 전혀 없었는데, 애춘이와 함께 사랑을 불태웠다.[42]

4. 매화 핀 창가에, 두향

퇴계는 48세 되던 1548년 1월 충청도 단양군수로 임명 받아 10개월 간 재직했다.

여기에서 그가 사랑했던 관기 두향을 만났다. 그녀는 자색이 뛰어났고 시·서·화에 능했으며 특히 매화와 난을 사랑했다. 두향은 매화 사랑이 남달랐던 퇴계에게 진귀한 매화분을 선물했다. 퇴계는 마음을 열었고 두향 역시 퇴계를 연모했으며 있는 날까지 그의 곁을 떠나지 않았다.

---

42 위의 책, 142쪽.

그해 10월 형 온계가 충청감사로 와 퇴계는 상피제에 따라 임지를 풍기로 옮겼다. 이때 그 매화분을 도산서원에다 옮겨다 심었다. 두향은 퇴계가 떠난 후 20년 동안 정절을 지키며 살았다. 퇴계가 타계하자 퇴계와 노닐었던 강선대 기슭에 묻어달라는 유언을 남기고 목숨을 끊었다.

최인호는 『유림』에서 퇴계와 두향과의 러브 스토리를 다음과 같이 구성했다.

이황을 사모한 두향이 분매와 함께 편지를 보냈다.
매화를 보며 이황이 이와 같이 읊었다

옛날 책 속에서 성현을 만나보며
비어 있는 방 안에 초연히 앉아 있노라
매화 핀 창가에 봄소식 다시 보니
거문고 대에 앉아 줄 끊겼다 탄식마라

두향의 편지글

"나리 편지와 함께 분매 한 그루 보냅니다. 나리를 생각하며 소첩이 20년 동안 정성껏 가꾸어온 매화입니다.
올해 피어난 백매는 다른 해보다 빙자옥질하여 소첩이 나리를 상사하는 아취고절의 모습을 그대로 빼다박았으니 이 매화를 소첩 보듯 바라봐 주십시오."

이황은 아침 일찍 일어나 그가 이름 지어준 우물물(열정)에서 손수 물을 길어 물동이에 담아 두향에게 물을 보냈다.
정화수를 받은 두향은 그날 밤 강선대로 내려가 차가운 얼음물에 머리를 감고 몸을 씻었다.

그리고 매일 밤 하루도 빼놓지
않고 이황을 위해 치성을 드렸다.
두향 지묘에는 이렇게 써있다.
'성명은 두향 중종시대 사람이며
단양태생 특히 거문고에 능하고
난과 매를 사랑했고 퇴계 이황을
사랑했으며 수절종신하였다.'
그리고 퇴계 이황의 마지막 말은
"저 매화나무에 물을 주어라."

퇴계 이황 묘소 앞 ─────
'퇴도만은진성이공지묘' 비
경상북도 안동시 도산면 토계리 소재

1570년 12월 8일 퇴계 임종
시 이덕홍의 다음과 같은 기록
이 있다.

8일 아침에 화분에다가 물을 주라고 하였다. 이날 날씨는 맑았다. 유시초
에 갑자기 흰구름이 지붕 위로 모여들고 눈이 한 치쯤 내렸다. 잠시 뒤에 선
생은 와석을 정돈하라 하고 부축하여 몸을 일으켜드리자 앉아서 돌아가셨
다. 그러자 구름은 흩어지고 눈은 개었다.

퇴계는 비석을 세우지 말고 그 앞면에 "퇴도만은진성이공지묘(退陶晚
隱眞城李公之墓)"로 하라고 유언했다.[43]

조선 후기 학자 이광려는 시를 지어 두향을 이렇게 기렸다.

─────────────

43 정순목, 『퇴계 평전』(지식산업사, 2001), 320~321쪽.

─────── 도산서원
사적 제170호, 경상북도 안동시 도산면 토계리 680 소재

외로운 무덤이 국도 변에 있어
흩어진 모래에 꽃이 붉게 비추네
두향의 이름이 사라질 때면
강선대의 바위도 없어지리라

　　강선대는 충주댐이 생기면서 물에 잠겼다. 강선대 기슭에 있었던 두
향의 묘소는 충주호가 들어서자 퇴계 후손들에 의해 신단양 제미봉 산
기슭으로 옮겨졌다. 지금도 퇴계 후손이 그 묘소를 관리하고 제사를 지
내고 있다.

　　도산서당으로 옮겨온 매화는 오래전에 천수를 다했다. 자목이 대를
이었으나 1996년 그도 그만 고사하고 말았다. 지금은 손자뻘 되는 자목
이 도산서당 옆 뜰에서 자자손손 두 분의 사랑을 이어가고 있다.

　　퇴계와 두향의 사랑이 어떠했는지 상고할 길은 없다. 퇴계가 유언으로 말한 '매화에 물을 주라'는 그 한 마디가 퇴계에 대한 두향의 애틋한 마음을 대변해주고 있는 것은 아닐까. 그 후손들이 두향의 무덤을 관리하고 시제까지 지내주고 있으니 더 이상의 사족은 필요 없으리라.

5. 나에게 골풀무 있으니, 진옥[44)

정철은 중종 31년(1536)에 나서 선조 26년(1593)에 졸하였다. 호는 송강이며 연일이 본관이며 서울 출생이다. 시조, 가사문학의 대가이다.

정철은 강계에서 유배생활을 한 적이 있다. 이때 진옥을 만났다. 진옥은 무명의 강계 기녀이다. 진옥은 송강을 만나 그 이름을 떨쳤다.

정철은 울분과 실의를 술로 달래고 있었다.

어느 날 밤이었다. 달은 휘엉청 밝고 귀뚜라미 처량한 울음은 정철의 가슴을 더욱 쓸쓸하게 하였다. 인기척이 들려왔다. 적막한 처소에 누가 날 찾아왔을까. 송강은 누운 채로 누구냐고 물었다.

문이 스르르 열리고 장옷으로 얼굴을 가린 한 여인이 고개를 숙인 채 들어왔다. 우아한 한 마리 학이었다. 진옥이었다.

송강은 취했다.

"진옥아, 내가 한 수 읊을 터이니 너는 내 노래에 화답하거라."

"예, 부르시옵소서."

진옥은 거문고 줄을 뜯었다. 송강은 목청을 가다듬어 읊었다.

옥이 옥이라커늘 번옥만 여겼더니
이제야 보아하니 진옥일시 분명하다

---

43 신웅순, 앞의 책, 94~96쪽에서 발췌 초록.

　　나에게 살송곳 있으니 뚫어볼까 하노라

　번옥(燔玉)은 돌가루로 구워 만든 가짜 옥이다. 진옥(眞玉)은 진짜 옥이다. 기녀 진옥을 바라보니 가짜 옥이 아니라 진짜 옥이었다. 진옥은 참옥을 뜻하면서 기녀 진옥을 가리키는 것이다. '살송곳'은 '살(肉)송곳'으로 남자의 거시기를 은유하고 있다. 그것으로 뚫어본다고 하였다.

　　철이 철이라커늘 섭철로만 여겼더니
　　이제냐 보아하니 정철일시 분명하다
　　나에게 골풀무 있으니 녹여볼까 하노라

　섭철(鑷鐵)은 순수하지 못한 쇠붙이가 섞인 가짜 철이다. 번옥에 대한 대구이다. 정철은 잡것이 섞이지 않은 진짜 철이다. 진옥에 대한 대구이다. 정철은 진짜 철이면서 송강 정철을 가리키는 것이다. '골풀무'는 불을 피우는 데 바람을 불어넣는 풀무이다. 남자의 그것을 녹여내는 여자

송강 ─────
전라남도 기념물 제1호, 전라남도 담양군 고서면 원강리 274 소재

의 거시기를 은유하고 있다. 살송곳에 대한 대구이다. 기막힌 은유이다.

송강이 한양에 올라왔을 때 진옥을 데려오려고 했다. 그녀는 끝내 거절했다. 진옥은 강계에 살면서 짧았던 송강과의 인연을 되새기며 나날을 보냈다.

선조 26년(1593) 12월 18일 송강이 강화의 우거에서 생을 마치는 날에 소리 없이 흐느끼는 한 여인이 있었다. 진옥이었다. 그 후의 일을 아는 사람은 아무도 없었다고 한다.

남녀 간의 사랑이란 묘한 것이다. 사랑하면서도 왜 같이 살기를 거부했을까. 옆에 있어야만 사랑하는 것이 아닌 옛 여인의 모습은 참 보기에 좋다. 보이지 않으면 마음도 멀어진다는 말은 진실로 사랑하는 사람에게는 맞지 않는 말인 것 같다. 보이지 않아도 더욱 그리운 것이 진정한 사랑인 것 같다.

제5장 세종께서 비단 도포를, 김시습45)

1. 들어가기

김시습(金時習, 1435, 세종 17~1493, 성종 24)의 자는 열경이며 호는 매월당, 동봉, 청한자, 벽산청은, 췌세옹이다. 법호는 설잠. 생육신의 한 사람으로 본관은 강릉이다. 그는 기인, 광인, 불기인이라 하여 세인의 주목을 끌었다.

세종 17년 서울에서 태어나 성종 24년 59세의 나이로 충청도 무량사에서 세상을 떠났다. 그는 신동으로 3살 때 유모가 맷돌에 보리를 가는 것을 보고 다음과 같은 한시를 지었다.

> 우레 소리도 없는데 어인 천둥인가,
> 노란 구름 조각들이 사방에 흩어지네.

5세 되던 해 김시습은 이웃에 사는 수찬 이계전의 문하에 들어가 중용

---

45 위의 책, 143~151쪽에서 발췌 및 보완함.

과 대학을 배웠다. 하루는 재상 허조가 찾아와 '노(老)'자를 넣어 시를 지어보라고 했다.

늙은 나무에 꽃이 피니 그 마음 늙지 않았네.

기발한 착상이다. 노인을 노인이라 할 수 없어 '심불로(心不老)'로 칭찬한 것이다.

세종대왕은 이 소문을 듣고 승정원 지신사 박이창에게 명해 시습의 시재를 알아보라고 했다. 박이창은 그를 무릎에 앉힌 채 시습의 이름을 부르며 물었다.

"아가야, 네 이름자를 가지고 글을 지을 수 있느냐?"

올 때 포대기에 싸여온 김시습입니다.

이렇게 응수했다.

세종은 박이창에게 다시 명했다. "동자의 학문은 마치 백학이 푸른 소나무 끝에서 춤추는 것 같구나"라는 구절로 김시습에게 대구를 달아보라고 했다. 김시습은 "어진 임금님의 덕은 마치 황룡이 푸른 바다 가운데서 노는 것과 같습니다."라고 대구를 달았다.

박이창은 감탄해 마지 않았다.

세종은 기뻐하며 비단 50필을 하사하였다. 그리고는 이렇게 말하였다.

"내가 보고 싶으나 남이 들으면 놀랄까 두려우니, 나이가 들고 학업이
　성취함을 기다려 장차 크게 쓰겠다."

김시습은 하사 받은 비단 50필의 비단 끝을 각각 이어 한쪽 끝을 허리에 찼다. 그리고 그것을 유유히 끌고 와 대궐 밖으로 나갔다. 그의 나이 5세, 이때부터 그의 이름이 널리 알려졌다. 사람들은 이름을 감히 부르

지 못하고 애칭 '김오세' 라는 이름으로 불렀다고 한다.

또한 세종이 운에 맞춰 시습에게 「삼각산」이라는 제목의 시를 짓게 했다.

> 삼각산 높은 봉우리가 맑은 하늘에 솟아났기에
> 거기 올라 북두성 견우성도 손으로 딸 만하네
> 저 산악이 구름과 비를 일으킬 뿐 아니라
> 우리나라도 만세토록 안녕케 하리

세종은 이를 보고 기특하게 여기면서도 기뻐하지 않았다. 이 시는 나라의 번영을 비는 뜻은 들어있지만 스스로 조정의 신하가 되겠다는 뜻은 없다. 세상과 왕가를 삼각산 높은 봉우리에서 내려다보이는 오만함이 들어 있다는 것이다.[46]

50세 무렵 김시습은 세종의 장려를 받았던 어린 시절을 회상하며 다음과 같은 시를 짓기도 했다.

> 아주 어릴 때 황금 궁궐에 나갔더니
> 영릉(세종)께서 비단 도포를 내리셨다
> 지신사(승지)는 날 무릎에 앉히시고
> 중사(환관)는 붓을 휘두르라고 권하였지
> 참 영물이라고 다투어 말하고
> 봉황이 났다고 다투어 보았건만
> 어찌 알았으랴 집안일 결단이 나서
> 쑥대머리처럼 영락할 줄이야![47]

---

46 심경호, 『김시습 평전』(돌베게, 2004), 92쪽.
47 위의 책, 95쪽.

무량사 내 매월당 시비 ──────
충청남도 부여군 외산면 만수리 116 소재

김시습은 다비를 하지 말고 절 옆에 묻어달라고 유언했다. 못자리가
나타날 때까지 절 옆에다 가매장했다. 3년 뒤 안장하려고 파보니 얼굴이
생시의 모습 그대로였다. 승려들은 깜짝 놀랐다. 틀림없이 부처가 되었
다고 생각했다. 다비를 거행해 유골을 모아 부도에 안치했다. 절 근처에
그의 부도가 있다.

2. 「만복사저포기」

1455년 삼각산 중흥사에서 공부하다가 수양대군의 왕위찬탈 소식을
듣고는 서책을 불태웠다. 그후 방랑하면서 평생을 방외인으로 살았다.
그런 그가 경주 금오산 속에 칩거하여 『금오신화』를 썼다.

「만복사저포기」는 남원을 무대로 한 소설이다. 춘향과 이도령이 놀던

오작교와 광한루가 있다는 것은 알지만 남원에 양생과 미녀가 속삭이던 만복사가 있다는 것은 잘 모른다. 만복사는 사적 제349호로 신라 말 도선국사가 창건하였다고 전하나 기록에는 고려 문종 (1046~1083) 때 세워진 것으로 되어 있다.

만복사에는 대웅전, 천불전, 영산정, 종각, 명부전, 나한전, 약사전이 있으며 5층석탑, 석불입상, 당간지주, 석인상 등이 있어 규모가 매우 큰 사찰이었다.

만복사지 부근에는 '백뜰', '썩은 밥배미' 등의 지명이 있어 당시 사찰의 규모가 어떠한지를 알수 있다. '백뜰'은 만복사지 앞

만복사지 5층석탑
보물 제30호, 전라북도 남원시 왕정동 소재

제방을 말하는데 승려들이 빨래를 널어서 이곳이 하얗다 하여 붙여진 지명이고, '썩은 밥배미'는 절에서 나온 음식 찌꺼기를 처리하는 장소였다. 승려 수가 많다는 것을 알 수 있다.

이런 절이었기에 김시습의 소설 「만복사저포기」의 무대가 된 것이다.

양생은 서생으로 만복사 동편 골방에서 외롭게 살고 있었다.

만복사에 와 향불을 피우고 복을 비는 풍속이 있었다. 때는 봄이었다. 양생도 청춘 남녀처럼 소원을 빌기 위해 왔다. 그러나 빌기만 해서는 안

되겠다고 생각한 그는 저포놀이로 부처님에게 도전했다.

"제가 오늘 부처님을 모시고 저포놀이를 할까 합니다. 만약 제가 지면 불공을 드리고 부처님이 지시면 아름다운 배필을 얻게 해주셔야합니다."라고 약속하고 양생은 저포를 던졌다. 부처님이 졌다. 그는 불좌 뒤에 숨어 약속한 배필이 나타나기를 기다렸다. 선녀와도 같은 예쁜 젊은 여인이 부처님 앞에 나타났다.

여인이 부처님께 축원한 내용은 다음과 같다.

> 아무 고을 아무 마을에 사는 소녀 모는 삼가 부처님께 사룁니다. 지난번 변방의 방비가 무너져 왜구가 침범해 와 싸움은 눈앞에서 치열했고 봉화는 한 해가 저물도록 계속되었습니다. … 저는 가냘픈 몸으로 멀리는 피난을 가지 못하고 깊숙한 골방으로 숨어들어 끝내 굳건히 정절을 지키고 난리의 화를 면했습니다. … 때문에 어버이께서도 여자로서의 수절함이 잘못되지 않았다하여 한적한 곳으로 옮겨 초야에 임시로 살게 해주셨는데 그것도 어느덧 3년이나 되었습니다. 저는 달 밝은 가을밤과 꽃피는 봄날을 상심으로 보내고 뜬구름, 흐르는 물과 더불어 세월을 보냈습니다. 쓸쓸한 골짜기에 외로이 살면서 한평생을 박명을 한탄했고, 꽃다운 밤을 혼자 보내면서 '채란의 외로운 춤'을 저 홀로 슬퍼했습니다. …자비하신 부처님이시여, 인간의 한평생은 태어날 때부터 마련되어 있으며, 지은 업보는 피할 수 없으므로, 타고난 운명에 인연이 있을 것이니 늦지 않게 배필을 점지해 주시어 즐거움을 얻게 해주심을 간절히 비옵니다.

양생과 정체불명의 미녀는 이심전심, 천생연분인 양 가까워졌고 사랑하게 되었다. 미녀는 이승의 인간이 아니었다. 죽은 지 오래된 처녀의 망령이 육체로 화해서 양생에게 나타난 것이다. 양생은 놀랐으나 앳되고 상냥하고 다정스러움에 더 이상 의심하지 않고 계속 그녀를 사랑했다.

그들은 개녕동으로 갔다. 서생은 작고 화려한 처녀의 집에서 3일을 머물었는데 즐거움은 평상시와 같았다. 미녀는 아름다우면서 교활하지 않았고 그릇은 깨끗하면서도 사치스럽지가 않았다. 개녕동에서의 3일은 인간 세상의 3년과도 같다.

미녀는 한정된 시간이 다 하였으니 이젠 이별할 때가 되었다고 했다. 그리고는 이별의 선물로 은주발을 내놓았다.

"내일 저는 부모님으로부터 보련사(남원 소재)에서 음식을 대접받게 되어 있습니다. 낭군께서 저를 버리시지 않는다면 보련사로 가는 길 가에 기다리고 계시다가 저와 함께 절로 가서서 저희 부모님께 인사를 드려주십시오."

이튿날 미녀의 부모와 양생 그리고 미녀가 한 자리에 모였다. 그러나 미녀의 부모 눈에는 자기 딸이 보이지 않고 양생만이 미녀도 그 부모도 볼 수 있었다.

양생과 미진했던 운우의 정을 풀고는 미녀는 이승의 인간들과 영원히 이별하고 떠났다.

> "제 행동이 법도를 넘은 것은 저도 잘 알고 있습니다. 저도 어릴 때 시경과 서경을 읽었으므로 예의에 대해서는 대강 알고 있습니다. 시경에서 이른 내용이 다 부끄러운 것임을 모르는 것은 아닙니다. 그러나 다북쑥 우거진 속에 오랫동안 묻혀 있어 들판에서 버림받은 몸이 되고 보니 사랑의 정서가 한번 일어나자 끝내 걷잡을 수 없었습니다. 지난 번에 절에 가서 복을 빌고 부처님 앞에서 향불을 피우면서 한평생의 박명을 스스로 탄식했더니 뜻밖에도 삼세의 인연을 만나게 되었으므로 검소하고 부지런한 여자로서 낭군을 받들어 평생을 모시고자 했으나 안타깝게도 업보는 피할 수 없어 저승으로 떠나야 했습니다. 즐거움을 채 다하지도 못했는데 슬픈 이별이 닥쳐왔습니다. 저는 이제 떠나야 합니다. 밤이 지나고

만복사지 당간지주 ————
보물 제32호, 전라북도 남원시 왕정동 소재

날이 새면 구름과 비는 양대(보련사)에서 떠나야 하고 저희들의 복을 빌러온 이들과도 다 이곳에서 헤어져야 합니다. 이제 한 번 가면 훗날을 기약할 수 없습니다. 낭군님, 정말 슬프고 황급하여 무어라 말씀 드릴 수 없습니다."

이윽고 영혼은 떠났다. 여인은 전송을 받을 때 울음소리가 끊어지지 않더니 문 밖에 이르러서는 다만 은은히 소리만 들려왔다.

이튿날 양생은 개녕동을 찾아 시체를 임시로 안치한 무덤에 제물을 차리고 장례를 치렀다. 양생은 슬픔을 이기지 못해 그녀의 부모로부터 받은 토지와 가옥을 죄다 팔아 연달아 사흘 저녁 재를 올렸다. 양생은 그 길로 지리산에 들어가 다시는 장가들지 않고 약초를 캐며 일생을 살았다.

「만복사저포기」는 노총각 양생과 처녀귀신 미녀와의 애틋한 사랑 이야기이다.

왜 김시습은 이러한 귀신과의 사랑을 테마로 해서 이야기를 썼을까? 현실에서의 이루지 못한 자신의 꿈을 소설 속에서라도 실현하고 싶어서였을까. 인생의 무상함을 말하고 싶어서였을까. 죽은 자의 사랑은 산 자의 사랑보다 더 강렬한 법인가. 삼세의 인연을 다하지 못하고 결국 미녀는 다시 저승으로 갔다. 김시습은 이승에서 다하지 못한 사랑을 저승에서나마 보상하고 싶었는지 모를 일이다.

3. 「이생규장전」

「이생규장전」은 "이생이 담 안을 엿보다"라는 뜻이다.

개성 낙타교 밑에 18세의 청매하고 재주 많은 이씨 서생이 살고 있었다. 그는 성균관에 다니면서 열심히 공부했다.

선죽리에는 나이 십오륙 세 가량의 귀족 처녀 최랑이 살고 있었다. 태도가 아름답고 자수와 시문에 능통했다.

어느 봄날 이생은 최랑의 집 담 밑에서 쉬다가 그 담 안에 있는 다락을 발견했다. 담 안을 엿보니 꽃은 만발한데 아리따운 아가씨가 수를 놓으며 시를 읊고 있었다.

> 저기 가는 저 젊은이는 어느 집의 도련님인고
> 초록빛 긴 소매로 수양가지 스쳐가네

담 밑에서 쉬고 있는 이생이 이를 보았다. 이생은 그녀가 읊은 시를 듣고는 견딜 수가 없었다. 높이 솟은 담이 이 둘 사이를 절벽인 양 가로막고 있었다. 어느 날 이생은 종이에 시를 써서 기와조각에 매달아 담 안으로 던졌다. 연정이 가득한 내용이었다. 시를 받아본 최랑은 종이 쪽지에 시 두어 글귀를 써서 담 밖으로 던져 주었다.

님이시어 의심마오

황혼 가약 정합시다.

그날 저녁 이생은 담을 넘으려 했다. 이 궁리 저 궁리하고 있는데 대바구니가 매달려서 내려오고 있었다. 이생은 그것을 타고 월장을 했다. 이날부터 두 연인의 사랑은 시작되었다.

금침이 있는 작은 방에서 두 사람은 삼일 동안 즐거움을 나누었다. 그후 매일 저녁 이생은 담을 넘어 처녀를 만났다. 아버지가 눈치를 챘다. 이생은 그만 울주로 추방당했다.

사랑의 밀회는 중단되었다. 최랑은 그리움에 지쳐 식음을 전폐하고 몸져누웠다. 귀족 집안의 무남독녀가 원인 모를 병으로 위독하게 생겼으니 그 부모는 안절부절 못하였다. 어머니가 딸의 반짇고리에서 이생과 주고받은 시를 발견했다.

…도련님과 정을 통한 후 도련님께 대한 원망만이 첩첩이 쌓이게 되었습니다. 저의 연약한 몸으로 괴로움을 참고 살아가려니 사모하는 정은 날로 깊어가고 아픈 상처는 날로 더해가 죽을 지경에 이르렀습니다. 저는 이제 불쌍한 귀신이 될 것 같습니다. 부모님께서 저의 소원을 들어주신다면 남은 목숨을 부지하게 될 것이지만 저의 간곡한 정을 들어주시지 않는다면 저는 목숨을 버릴 뿐입니다. 이생과 더불어 지하에서 다시 만날 것이요, 다른 집으로는 시집가지 않을 것입니다.

곧 이씨 문중에 매파를 파견했다.

이생의 아버지는 미천한 문벌과 자식의 대성을 핑계로 이를 거절하였다. 그래도 최랑의 부모는 끈질기게 청혼했다. 마침내 아버지가 이를 허락하였다.

깨진 거울은 다시 합쳐질 때가 있는 법
은하의 까막가치가 이 기약을 도왔네
이제 원로가 혼약을 이루어주었으니
소쩍새야 봄바람을 원망하지 말아라.

이생의 이 시구 하나로 최랑은 병에서 회복되고 얼마 되지 않아 혼례를 치렀다.

다음에 이생은 과거에 급제하여 높은 벼슬길에 올랐으며 그 이름을 세상에 떨쳤다.

호사다마라고 홍건적의 난리가 일어났다. 왕은 복주로 피난을 가고 이생은 가솔을 이끌고 산골로 피신했다. 이생은 달아났다. 최랑은 홍건적에 잡혀 무참히도 죽임을 당했다. 난리가 끝나고 도둑떼는 물러갔다. 이생이 고향에 와보니 아내도 부모도 없고 집도 모두 불타버렸다. 집터에는 새들이 울고 쥐들만이 간간이 오고갈 뿐이었다. 이생은 다락에 올라가 인생의 무상을 한탄하고 있었다. 그때에 발자국 소리가 들려왔다. 아내였다. 부부는 또 옛날같이 사랑하며 살았다. 부모의 유골을 찾아서 장사도 지내고 제사도 올렸다.

어느 날 저녁에 최랑은 이렇게 말했다.
"세상일이 하도 덧없어 세 번째의 가약도 이제 머지않아 끝나게 되오니, 한없는 이 슬픔 또 어찌하오리까?"
"그게 무슨 말이오?"
"저승길은 피할 수 없는 길입니다. 저와 당신은 인연이 정해져있고 또한 전생에 아무런 죄악도 없으므로 이 몸이 잠깐 당신과 만나게 되었사온데 어찌 인간 세상에 오래 머물러 산 사람을 유혹할 수 있겠습니까?"

그의 아내는 죽었지만 못 다한 사랑을 위해 혼백이 옛 모습 그대로 나타난 것이다. 이런 존재는 이승에서 오래 살 수 없으며 이별해야 한다. 아내는 자기의 시신이 흩어져 있는 곳을 남편에게 알려주고 영원히 떠났다. 이생은 그 유골을 수습하여 부모님 옆에 안장해주었다. 그 후 그는 병을 얻었고 몇 개월 만에 세상을 떠났다.

한 편의 순애보이다. 바다가 마르고 돌밭이 닳아 모래가 되어도 지극한 상사의 정은 없어지지 않는다. 이생은 수동적이고 소극적이며 최랑은 적극적이고 능동적이다.

첫 번째 만난 것도, 두 번째 이생을 불러 결혼한 것도 여인에 의해서였고 이별 후 다시 환영으로 찾아온 것도 여인에 의해서였다.

소설 속에서라고 그렇게 하지 않으면 안 되는 당시 상황의 불가피성이 존재했으리라. 당시의 정치 상황을 우의적으로 묘사한 소설로 볼 수 있을 것이다.

제6장 오늘은 찬비 맞았으니, 임제⁴⁸⁾

임제의 호는 백호이며 명종 4년(1549)에 전남 나주시 다시면 신풍리에서 태어났다. 그는 면앙정 송순의 회방연(回榜宴, 급제한 지 60년이 되는 잔치, 면앙정의 나이 81세 때임)에 송강과 함께 송순의 가마를 멜 정도로 당대의 멋쟁이였다. 대곡 성운에게 사사했으며 이이 · 허봉 · 양사언 등과도 교류하였다.

당파 싸움이 싫어 속유들과 벗하지 않고, 법도 밖의 사람이라 하여 선비들은 그와 사귀기를 꺼려했다. 권력이나 벼슬에 매력을 느끼지 않은 위인이었다. 그에게는 오직 낭만과 정열 그리고 문학이 있을 뿐이었다. 패기가 하늘을 찌를 듯한 호남아였으며 또한 시국을 강개하는 지사적인 인물이기도 했다. 그는 어려서부터 재기가 뛰어났으나 39세의 나이로 일찍 요절하고 말았다.

그가 8세의 어린 나이에 이 감사라는 사람과 다음과 같은 칠언시를 주

---

48 신웅순, 앞의 책, 86~92쪽에서 발췌 및 보완함.

영모정 ————
전라남도 기념물 제112호, 전라남도 나주시 다시면 회진리 90 소재
귀래정 임붕이 세운 조선시대의 누정, 손자 백호가 글을 배우고 시작을 즐기며
사람을 사귀었던 곳

고 받았다. 먼저 이 감사가 읊었다.

　　　　탑아래 어린 소나무가 높으면 얼마나 높으랴
　　　　탑은 높고 소나무는 짧으니 상대가 되지 않으리.

　　이에 백호는 곧 이렇게 대꾸했다.

　　　　옆에 있는 분은 소나무가 어리고 짧다고 웃지마오
　　　　뒷날 소나무가 높이 자라면 반대로 탑이 낮아지리니

　　그의 기백은 이미 어린 시절부터 이처럼 선이 굵고 색깔이 분명했다.
또한 서당에 다닐 때에 훈장이 비 온 뒤 무지개를 보고 시를 지으라고
하자 금세 다음과 같이 읊어 좌중을 압도했다.

　　　　몇 필의 푸르고 붉은 비단을
　　　　직녀의 베틀에서 끊어내어
　　　　견우의 옷을 짓고자

비 온 뒤 씻어서 하늘에 걸었구나[49]

외손자 허목이 쓴 그의 묘비명에서도 그런 면이 나타나 있다.

공은 자유분방하여 무리에서 초탈한데다 굽혀서 남을 섬기기를 좋아하지
않기 때문에 벼슬이 현달하지 못했다.

임제 자신도 성질이 거칠고 뻣뻣한 사람이라 어린 시절에 공부를 하
지 않고 자못 호협하게 놀기를 일삼아, 기방이며 술집으로 발길이 미치
지 않은 곳이 없었다[50]고 스스로 자신의 성격을 인정했다.

가전체 소설을 비롯하여 700여 수의 많은 한시를 남겼는데 특히 그의
시조 6수는 전부가 여인들과의 사랑의 노래이다. 벼슬에 뜻이 없어 전국
을 노닐면서 시와 술로 울분을 달래었다.

그는 여인들과 많은 염문과 일화를 남기고 갔다.

당시 한우라는 기녀가 있었다. 그녀는 재색을 겸비한데다 시문에도
능하고 거문고와 가야금에도 뛰어났다. 노래 또한 절창이었다.

어느 날 밤이었다. 두 사람은 술자리에 마주 앉았다. 한 잔, 두 잔, 석
잔, 넉 잔 취기가 돌기 시작했다. 당대의 풍류객이며 호남아였던 임제가
명기를 가만히 놔둘 리 없었다. 눈을 감고 나직한 목소리로 시조 한 수
를 읊었다.

북천(北天)이 맑다커늘 우장(雨裝)없이 길을 나니

---

49 황원갑, 『한국 풍류사』(청아출판사, 2000), 232~234쪽.
50 허시명, 『조선문인기행』(오늘의 책, 2002), 119쪽.

산에는 눈이 오고 들에는 찬비로다
　　　오늘은 찬비 맞았으니 얼어잘까 하노라

　얼마나 멋진 은유인가?

　북쪽 하늘이 맑아서 우산 없이 길을 나섰다. 산에는 눈이 오고 들에는
찬비가 내리기 시작했다. 찬비를 흠뻑 맞았다. 나를 맞아주지 않는다면
찬 이불 속에서 혼자 잘 수밖에 없지 않은가?

　위 시조는 백호가 기녀 한우에게 준 「한우가(寒雨歌)」이다.

　'찬비'는 '한우(寒雨)'를, '맞았다'는 '만났다'의 은유이다. '찬비를
맞았다'는 말은 기녀인 한우를 만났다는 말이 된다. '얼어잘까 하노라'
는 '몸을 녹여 자고 싶다'는 역설이다. 오늘은 한우를 만났으니 자고 갈
수밖에 없지 않느냐고 우회적으로 표현하고 있다. 여간한 풍류객이 아
니고는 이런 노래를 부를 수 있을까.

　밤은 깊어갔다. 밤바람 소리도 이제는 들리지 않았다. 멀리서 개 짖는
소리만이 문풍지를 짧게 찢을 뿐이었다. 한참동안 침묵이 흘렀다.

　가득 부은 술잔을 한우는 단숨에 비웠다. 가야금에 얹은 손이 떨렸다.
더운 열기로 한참을 임제의 얼굴을 쏘아보았다. 둥기둥 첫줄이 울렸다.

　　　어이 얼어자리 무슨 일로 얼어자리
　　　원앙침 비취금을 어디 두고 얼어자리
　　　오늘은 찬비 맞았으니 녹아잘까 하노라

　폭풍우가 몰아치듯 폭풍우가 지나간 듯, 성난 파도였다가, 조용한 물
살이었다가 허공으로 부서지는 가락은 참으로 아름다웠다. 하늘에서 방
금 내려온 물기가 채 가시지 않은 눈부신 선녀였다. 임제는 짐짓 내색하

나 하지 않고 태산처럼 앉아 가만히 듣고 있었다.

노랫소리가 멎었다. 한우는 숨을 몰아쉬며 뜯고 있던 가야금을 내려 놓았다. 옷매무새를 다시 고치고는 다소곳이 앉아 있었다. 멈췄던 바람이 다시 불기 시작했다. 창이 흔들리기 시작하더니 말없이 녹던 황촉불이 춤을 추기 시작했다. 멀리서 다듬이소리가 야음을 타고 길게도 들려왔다가 짧게도 들려왔다.

무엇 때문에 얼어 주무시렵니까? 무슨 일로 얼어 주무시렵니까? 원앙침 베개, 비취금 이불 다 있는데도 왜 혼자 주무시려고 하시는 겁니까? 오늘은 찬비를 맞으셨으니 저와 함께 따뜻하게 주무시고 가십시오. 한우는 은근하게 그리고 속되지 않게 자신의 메시지를 청아한 목소리에 실려 보냈다. 때로는 길게, 때로는 속청으로 영혼을 맑게 토해냈다. 기러기가 모래사장에 앉듯, 흰 구름이 청산을 넘듯, 장강물이 흘러가듯 선계에서 들려오는 아름다운 목소리였다. 베개, 이불, 잠이라는 말은 했어도 야하거나 속되지 않았다. 비꼬는 것 같기도 하면서 뒤틀리지 않은 한우의 노래는 천하일품이었다. 살뜰한 인정이 노래 가득 넘쳐 흐르고 있다. 이쯤 되면 아무리 무정한 사람이라도 녹지 않을 사람이 어디 있으랴. 이 얼마나 아름답고 멋진 사랑의 화답시조인가.

『해동가요』에는 다음과 같은 기록이 전하고 있다.

> 임제는 자를 자순 호는 백호라 하며 금성인이다. 선조 때에 과거에 급제, 벼슬은 예조정랑에 이르렀다. 시문에 능하고 거문고를 잘 타며 노래를 잘 부른 호방한 선비였다. 이름난 기녀 한우를 보고 이 노래를 불렀다. 그날 밤 한우와 동침하였다.

임제의 멋도 멋이려니와 한우의 멋 또한 임제를 능가하고 있다. 풍류로 따진다면 난형난제요 용호상박이다.

한번은 임제가 좋아하는 기녀에게 부채를 선사하였다. 거기에는 다음과 같은 글이 적혀있었다.

엄동에 부채를 선사하는 이 깊은 마음을
너는 아직 어려서 그 뜻을 모르리라마는
그리워 깊은 밤에 가슴 깊이 불이 일거든
오뉴월 복더위 같은 불길을 이 부채로 식히렴[51]

가슴에 불이 붙으면 무엇으로도 끌 수가 없다. 끌 수 있는 것은 사랑뿐이다. 사랑하면 달아나고, 사랑하지 않으면 달려오는 끝없는 심술을 어쩔 것인가.

엄동설한 추운 겨울에 부채를 보내는 심사는 심술궂지만 그 차원 높은 역설의 논리엔 정회와 낭만이 넘친다.

임제는 황진이 사후에 태어나 그녀 얼굴을 한 번도 본 일이 없다. 평소에 임제는 황진이를 흠모하여 송도에 가기를 원했었다. 기회가 되어 송도에 갔으나 이미 진이는 이승의 사람이 아니었다.

청초 우거진 골에 자는다 누었는다
홍안은 어디 두고 백골만 묻혔는다
잔 잡아 권할 이 없으니 그를 슬어하노라

임제가 평안평사로 부임할 때 황진이가 묻힌 무덤을 지나면서 황진이

---

51 이능화, 앞의 책, 207쪽.

와 대작할 수 없는 아쉬움을 나타낸 시조이다. 이 시조로 인하여 임제는 관직에서 삭탈당하는 수모를 겪었다. 한 나라의 관리가 일개 기생의 무덤 앞에서 이런 한탄을 했다 하여 임금의 노여움을 샀던 모양이다.

그렇다고 이를 두려워할 임제가 아니다. 그에게는 낭만과 정열 그리고 문학이 있을 뿐이다. 풍류를 위해 벼슬도 마다하지 않았다.

호협한 데서 황진이와 통한다. 희대의 풍류객 임제와 천하 명기 황진이가 만났다면 어떤 사랑을 했을까?

일지매와의 일화 한 구절을 소개한다.

일지매는 색향으로 유명한 평양의 명기였다. 그녀는 용모 자태와 문장 가무가 뛰어났으며 성품 또한 도도했다. 부도 권력도 그녀를 사로잡을 수 없었다. 뭇남성들에게는 선망의 대상이었다.

어느 해 여름이었다. 임제가 평양을 들렀다. 일지매의 이야기를 듣고 그녀를 한번 꺾어보고 싶은 생각이 들었다. 자신의 시제를 동원하면 자신 있을 것이라는 생각이 들었다.

몸종과 생선을 홍정하는 체하며 시간을 끌다가 그 집 문간방에서 하루를 묵기로 했다. 쓸쓸한 방에서 홀로 팔을 베고 누워 깊은 생각에 잠겼다. 창밖에는 고요한 달빛이 휘영청 밝았다. 어디선가 달빛을 타고 청아하게 거문고소리가 들려왔다.

홀로 있는 밤은 일지매에게는 못 견디게 외로웠다. 자신의 생활이 후회스러웠다. 한 가정의 주부이고 싶었다. 한 지아비의 아내이고 싶었다. 엄습하는 고독은 그녀로 하여금 거문고를 타게 한 것이다. 적막한 달밤 거문고소리는 유난히 맑았다. 그 소리가 임제의 방에까지 들려온 것이다.

임제에게는 때가 온 것이다. 그는 허리춤에서 피리를 꺼내 거문고소리에 화답했다. 멋들어지게 어울리는 절세의 화음이었다.

놀란 것은 일지매였다.

"내 거문고소리에 화답하는 사람은 과연 어떤 사람일까?"

일지매는 피리소리에 끌려 뜰로 내려섰으나 아무 기척이 없었다. 담장 넘어 쳐다보았다. 이리저리 기웃거려도 보았다. 사람의 그림자라고는 찾아볼 수가 없었다. 섬돌 위에 홀로 올라섰다. 자신도 모르게 긴 한숨을 쉬며 탄식했다.

"창가에는 복희씨처럼 달이 밝구나"

일지매가 혼자 중얼거렸다.

그러자 문간방에서 대꾸하는 소리가 들렸다.

"마루에는 태고적 바람이 맑도다."

신기하다 싶어 일지매가 다시 한 구 읊었다.

"원앙금침을 누구와 함께 잘까……."

"나그네의 베갯머리 한 끝이 비었는데……."

임재가 대꾸했다.

일지매는 다시 한 번 놀랐다.

"문간방에 든 사람은 틀림없는 생선장수였는데 그 생선장수의 목소리가 아닌가?"

그녀는 문간방으로 다가갔다.

"어인 호한이 아녀자의 간장을 녹이는고……."

무슨 말이 더 이상 필요하겠는가.

나무꾼과 선녀는 술잔을 주고받으며 밤이 가는 줄 몰랐다.[52]

도도한 일지매라도 임제라는 남성이 있음으로써 멋진 여성이 되는 것이다. 선녀가 있어야 나무꾼이 있으며 선녀의 옷을 훔쳐야 사랑이 이루어질 수 있다. 술잔을 주고받아야 달이 뜨고, 달이 떠야 정이 오고가는 것이다. 산이 있어 물이 있는 법이고 물이 있어 들녘은 젖게 되어 있다.

임백호가 숨을 거두기 전 아들에게 유언으로 남긴 말이 있다. 죽을 때

---

52 박을수, 앞의 책, 134~135쪽에서 일부 각색 인용.

까지 모화사상을 통렬하게 비판하고 있는 그 말은 그의 성품과 기개를 단적으로 말해주고 있다.

"사방팔방 오랑캐들은 모두 황제라 일컫는데 유독 조선만이 황제라 일컫지 못하고 중국만을 섬기니 이 못난 나라에 태어나 산들 무엇하며 죽은들 무엇하겠느냐. 내 죽거든 울지 말아라."

죽음도 초탈한 그의 호방한 성격은 이 한마디로 충분하다. 조선 말 유학자 『매천야록』을 쓴 황현은 회진 마을을 지나면서 임제의 넋을 "영웅이시여. 저승에서나마 한을 푸소서. 오늘은 나라가 독립하여 황제의 자리가 높습니다."라고 위로했다.[53]

독자적인 연호를 갖지 못하고 스스로 황제라 칭하지 못한 것이 얼마나 한이 되었으면 그랬을까. 1897년 고종이 황제의 자리에 올랐으나 이내 국권을 상실했다. 황현에게 또 하나의 한을 남기고 말았다. 허울뿐인 칭제건원이 되었으니 황현 또한 경술국치와 함께 절명시 4수를 남기고 자결하고 말았다. 누가 황현 묘를 지나는 일이 있어 황현의 넋을 위로할 것인가. 역사의 아이러니라 하지 않을 수 없다.

임제는 죽을 때 자제들에게 유언을 남기기도 했지만 스스로 「자만」이라는 시를 남기기도 했다.

> 강호에서 보낸 풍류 사십 년
> 깨끗한 이름 얻어 사람들을 울렸으니
> 이제 학을 타고 속세를 떠나면
> 바다 위 선도 복숭아로 새 삶을 얻으리

---

53 허시명, 앞의 책, 124쪽.

임제 시비 ————
전라남도 나주시 다시면 가운리 141 소재.
임제 묘소가 있는 신걸산 입구에 있다.

훌훌 떠나는 그의 모습이 이승에 한 치의 미련도 없다. 목숨에 연연, 이익을 쫓으며 살아가고 있는 현대인들에게는 촌철살인 명귀이리라. 산수간 풍류객으로 40년을 놀았으며 깨끗한 이름으로 또한 사람들을 울렸으니 이제 학을 타고 선계로 가 편히 쉬겠다는 것이다.

마지막으로 백호가 자신의 참모습을 읊은 시가 있다.

칼집에는 별을 찌르는 명검이 있고
꿈속에는 귀신이 곡할 시가 있노라[54]

54 황원갑, 앞의 책, 250쪽.

제7장 왕방연, 원호, 성종, 이항복, 김상헌

1. 천만리 머나먼 길에, 왕방연[55]

세조는 1457년 6월에 단종을 왕에서 노산군으로 강등시켜 영월로 유배시켰다. 10월에는 노산군에서 서인으로 강등시켜 사약을 내렸다. 이때 금부도사로 유배길을 호송하고 사약을 들고 간 이도 왕방연이었다.

청령포에 단종을 두고 돌아오는 길이었다. 그는 곡탄 언덕에 앉아 여울물소리를 들으며 이 시조를 지었다.

> 천만리 머나먼 길에 고운 님 여의옵고
> 내 마음 둘 데 없어 냇가에 앉자시니
> 저 물도 내 안 같아야 울어 밤길 예놋다

천만리 머나먼 길에 사모하는 님을 두고 와 내 마음 둘 데 없어 냇가

---

55 신웅순, 『시조는 역사를 말한다』(푸른사상, 2012), 180~185쪽에서 발췌.

에 앉았으니 저 물도 내 마음 같아 울며 밤길을 가는구나. 단종에 대한 곡진한 그리움이 지금도 우리들의 가슴을 울리고 있다.

왕방연은 사약을 들고 차마 단종의 처소에 들어갈 수 없었다. 머뭇대자 나장이 재촉했다.

"어명이오."

단종은 관복을 갖추고 금부도사에게 까닭을 물었다.

"금부도사가 또 어인 일인가?"

왕방연은 말도 못하고 뜰에 엎드려 흐느낄 뿐이었다.

단종 곁을 시중들던 공생이 공을 세워볼까 금부도사도 하지 못하는 일을 자청했다. 그는 활시위로 올가미를 만들었다. 문틈 뒤로 올가미를 단종의 목에 걸어 힘껏 잡아 당겼다. 단종은 비명을 질렀다. 그리고는 천근의 몸을 부렸다. 1457년 10월 24일 단종의 나이 17세였다. 단종은 무거웠던 한 많은 생을 마감했다. 시신은 그대로 강물에 던져졌고 그날 밤 거센 폭풍우가 몰아쳤다. 검은 안개비로 지척을 분간할 수가 없었다.

단종을 죽인 공생은 몇 발자국 걷다 피를 토해 죽었다. 단종을 모시고 있던 궁녀들도 강물에 몸을 던졌다. 단종과 궁녀의 시신이 강물에 떠 있었으나 수습해주는 이는 아무도 없었다. 멸문지화를 당하기 때문이었다.

호장 엄흥도라는 사람이 있었다. 그는 단종의 죽음을 듣고 대성통곡을 했다. 그리고는 시신을 수습하여 동을지에 무덤을 마련해주었다. 지금의 장릉이다.

이후 영월에 부임하는 부사들은 첫날밤을 넘기지 못하고 죽어나갔다. 어느 누구도 영월부사로 가는 것을 꺼려했다. 이러한 소문은 궁중은 물론 조선 팔도에 이르기까지 급속히 퍼져나갔다.

영월부사를 자청한 이가 있었다. 부임 첫날이었다. 그는 정중하게 관

복을 차려 입고 밤늦게까지 관헌에 앉아있었다. 밤이 깊어지자 한바탕 바람이 불더니 순간 불이 꺼졌다. 대들보가 흔들리고 선반 위의 물건들이 우수수 떨어졌다. 잠시 후 소년 혼령이 수십 명의 신하를 거느리고 나타났다. 그리고는 뚜벅뚜벅 동헌 마루로 올라갔다. 단종의 영혼이라는 것을 직감했다. 부사는 동헌 마루로 내려가 예우를 올리고 하회를 기다렸다.

　"나는 공생의 활시위에 묶여 목숨을 잃었다. 목이 답답하여 견딜 수
　　없으니 이 줄을 풀어 달라."

　"저는 임금님의 옥체가 어디인지 모르옵니다."

　"엄홍도라는 사람을 찾아 물어보라."

　한바탕 바람이 불더니 혼령들은 순식간에 사라졌다.

　아침이 되었다. 사람들은 장례 준비에 바빴다. 죽은 줄만 알았던 부사가 관복을 차려 입고 동헌에 곧추앉아 있지 않은가. 엄홍도를 불렀다. 매장한 곳을 파보니 용안은 변함이 없었고 목에는 가느다란 활시위가

제7장 왕방연, 원호, 성종, 이항복, 김상헌

감겨져 있었다. 부사는 단종을 모시고 정중히 제사를 지내주었다. 영월은 다시 평온을 찾았다.

영조조에 이르러 엄홍도에게 공조참판을 증직하고 정문을 세워주었다.

한밤중 자규 울음은 듣는 이를 처연하게 만든다. 17세에 자규루에 올라 자규 울음을 들었을 단종을 생각해본다.

> 원통한 새가 되어 제궁을 나오니
> 외로운 그림자 산중에 홀로 섰네
> 밤마다 잠들려 해도 잠을 못 이루고
> 해가 가고 해가 와도 한은 끝 없어라
> 두견새소리 그치고 조각달은 밝은데
> 피눈물 흐르는 봄 골짜기에 꽃은 붉게 지누나
> 하늘도 저 슬픈 하소연을 듣지 못하는데
> 어찌하여 시름 젖은 내 귀에는 잘도 들리는가.
> — 단종, 「자규시」

2. 간밤에 울던 여울, 원호⁵⁶⁾

> 간밤에 울던 여울 슬피 울며 지내거다
> 이제야 생각하니 님이 울어 보내도다
> 저 물이 거슬러 흐르과저 나도 울어 예리라

지난밤에 울던 여울물소리 슬피 울며 지나갔구나. 이제야 생각하니

---

56 위의 책, 187~191쪽에서 발췌.

임의 울음 내게 보낸 소리였구나. 내 울음소리 님께 보내고자 저 물이 거슬러 흘렀으면 좋으련만.

원호가 세조 등극 후 관직을 버리고 단종이 유배된 영월까지 따라가 있으면서, 그곳에서 읊은 노래이다.

수양대군이 왕권을 찬탈하자 벼슬을 사직하고 고향 원주로 돌아가 초야에 묻혔다. 단종이 영월로 유배되자 영월의 서쪽에다 집을 짓고 관란재라 했다. 조석으로 단종이 있는 곳을 바라보며 눈물을 흘렸다. 시를 지어 흐르는 물에 띄워 보내기도 했다.

단종이 승하했다. 이젠 한 가닥 희망도 사라졌다. 영월 땅을 향해 절을 하고는 통곡했다.

"왜 그 먼 영월 땅을 가시렵니까?"

가족들이 만류했다.

"3년 동안 집으로 돌아오지 않겠소. 거기에서 삼년상을 보낼 것이오."

그는 원주를 떠났다. 영월 땅 산속 토굴에서 풀뿌리로 연명하며 삼년
상을 보냈다. 한숨과 눈물의 연속이었다. 상을 마치고 가족이 기다리는
원주로 돌아와 두문분출, 세상과 등졌다.

"왜 문밖을 나가지 아니하시고 그 자리에만 앉아 계십니까?"

아들이 여쭈었다.

"상왕이 돌아가신 곳이 영월 땅이니라. 그분을 추모하기 위해 이렇게
  앉아 있느니라. 임금을 지켜주지 못하고 세상을 뜨셨으니 무슨 면목
  으로 세상에 나갈 수 있겠느냐?"

원호는 단종을 생각하는 마음뿐이었다. 그는 일체 문밖을 나서지 않
았다. 조카인 판서 원효연이 찾아뵙기를 청했다. 그러나 끝내 문을 열어
주지 않았다. 사람들은 그의 얼굴을 볼 수 없었다. 원호의 곧은 마음은
경향 각지에 알려져 조정의 많은 지인들이 찾아왔다. 그러나 원호는 만
나주지 않았다.

세조도 이런 원호의 충성심에 감격하여 호조참의를 제수했으나 응하
지 않았다.

어느 날 관찰사가 찾아와 애원하듯 말했다.

"이제 노여움을 푸시고 다시 세상에 나와 나라를 위해 일을 해봅시다."

"당신이나 신왕을 모시고 도와 드리시오. 나는 싫소이다. 전왕의 신하
  로서 어찌 내가 또 다른 임금을 섬길 수 있겠소?"

세조의 명을 받들고 찾아온 사람은 절대 만나주지 않았다. 영월을 향
해 읍만 할 뿐이었다. 그는 죽을 때까지 앉을 때도 동쪽을 향해 앉았고

누울 때도 동쪽을 향해 누웠다. 장릉이 거기 있기 때문이다.

원주는 관헌에서 가까워 찾아오는 사람들이 많았다. 그래서 그는 더 깊은 산속으로 들어갔다. 청산을 벗 삼으며 산속에서 일생을 마쳤다.

세조 아래에서 한평생 벼슬하지 않고 단종을 위해 절의를 지킨 6명의 신하가 있다. 김시습 · 남효온 · 원호 · 이맹전 · 조려 · 성담수이다. 이들을 생육신이라고 한다. 이들은 한평생 단종을 그리다가 죽었다.

손자 숙강이 사관이 되어 직필로 화를 당하자 자신의 저술을 모두 불태웠다. 그리고는 아들들에게 글을 읽어 명리를 구하지 말라고 했다. 이 때문에 집안에는 그의 기록이 전혀 남아 있지 않다. 경력과 행적도 전하는 것이 없다.

3. 이시렴 부디 갈따, 성종[57]

이시렴 부디 갈따 아니 가든 못할쏘냐
무단히 슬터냐 남의 말을 들었느냐
그려도 하 애도래라 가는 뜻을 일러라

성종은 조선 9대왕으로 세조의 큰아들인 덕종의 둘째아들이다. 1469년 세조비 정희대비의 명으로 13세 나이로 즉위, 7년간의 대비 섭정을 했다. 숙의 윤씨를 왕비로 삼았으나 투기가 심해 폐서인, 사사했다. 이로 인해 뒷날 갑자사화의 원인을 제공했다. 서울 강남구 삼성동에 선릉이 있다.

---

57 위의 책, 204~208쪽에서 발췌.

있으려무나. 부디 가겠느냐. 아니 가면 안되느냐? 공연히 내가 싫더냐. 아니면 남의 말을 들었더냐. 그래도 하도 애닯구나. 가는 뜻을 말하려무나. 얼마나 안타까웠으면 이렇게 네 번씩이나 물어보았겠는가. 신하에 대한 군주의 아쉬움이 이리도 극진했다.

성종이 사랑하는 신하 유호인(1445, 세종 27년~1494, 성종 25년)을 보내면서 읊은 시조, 이별가이다. 군신 간이 이리도 애틋할 수 있을까. 만백성을 울리고도 남음이 있는 한 편의 드라마이다.

1488년 그가 의성현감으로 있을 때 백성은 돌보지 않고 시만 읊조리다 하등급 고과표를 받은 적이 있었다. 뛰어난 재주에 비해 목민관으로서의 자질은 그리 높지 않았던 모양이다. 벼슬은 장령에 머물렀으나 성종은 그를 유난히 총애했다. 군신관계라기보다 인간적인 친교가 그만큼 남달랐다.

유호인은 노모를 봉양하기 위해 외관직을 자청했다. 곁에 두고 싶어 만류했으나 듣지 않았다. 왕은 할 수 없이 그를 외직으로 보냈다. 그에게 합천군수 교지를 내렸다.

유호인이 고향 함양으로 떠나는 날 성종은 전별연을 베풀어주었다. 임금이 이별주를 권하며 그 자리에서 이 시조를 읊었다. 거기에 있었던 많은 사람들이 감격하여 눈물을 흘렸다. 성종의 신하에 대한 사랑은 이처럼 곡진했다.

성종은 그를 떠나보내면서 내관에게 명하여 뒤를 밟아보라고 했다.

"과인이 그를 생각하여 잊지 못하고 있는데 그도 과인을 생각하고 있는지 알고 싶구나."

내관이 그를 쫓았다. 유호인은 날이 저물어 역관에 들었다. 그는 역관 누각에 올라 성종이 계시는 북쪽을 오랫동안 바라보았다. 그리고는 벽

─────── 창계서원.
전라북도 문화재 제36호, 전라북도 장수군 장수면 선창리 566-1 소재
황희 · 황수신 · 유호인 · 장응두의 위패를 모신 곳

에 시 한 수를 썼다.

> 이른 새벽 눈 쌓인 고개에 오르니
> 봄의 정취 정말 애매하구나
> 북을 바라보니 인금과 신하가 떨어져 있고
> 남으로 오니 어머니와 자식이 만나게 되는구나
> 자욱한 안개에 길을 잃어
> 멀리 층계진 하늘 보고 갈 길을 의지한다
> 편지 다시 쓰려고 하니
> 나의 시름결에 기러기는 북으로 날아가네
>
> ─「조령에 올라」

내관이 이 일을 성종에게 올렸다.

"호인이 몸은 비록 밖에 있으나 마음만은 나를 잊지 않고 있었구나."

참으로 보기 드문 임금과 신하와의 도타운 우의였다.

성종은 훈구파의 전횡을 견제하고자 김종직 같은 많은 사림파의 인재들을 등용했다. 호학의 군주로서 유호인 같은 인재를 잡아두고 싶었던 것이다. 유호인은 합천군수로 있다가 그해 4월 병으로 죽었다.

유호인은 『동국여지승람』 편찬에 참여했고 시·문·필에 뛰어나 삼절로 불리웠다. 청렴·결백했으며 임금엔 충직했고 부모에겐 효심이 깊었다.

유호인이 세상을 떠나기 전 아들 환에게 말했다.

"절대로 임금을 속여서는 안 된다. 벼슬에 나아가거든 반드시 이 말을 명심하거라."

이렇게 그는 충직하고 정직한 신하였다.

4. 철령 높은 봉에, 이항복

1613년 7월 광해군은 영창대군을 폐서인, 강화도로 유배시켰다. 1614년(광해군 6년)에는 이이첨이 강화부사 정항에게 영창대군 살해 지령을 내렸다. 처음에는 굶기다가 막판에 방에 불을 지폈다. 영창대군은 '어머니, 어머니' 하고 부르다 세상을 떠났다. 그의 나이 9세였다.

인목대비의 친정아버지, 김제남도 사사되었고, 아들 영창대군도 살해되었다. 이제는 왕후 인목대비였다. 1614년 인목대비의 폐서인 논의가 있었다. 이항복은 이를 극력 반대했다. 이에 백사는 삭탈관직, 인목대비는 폐위되었다. 1618년 이항복은 함경도 북청으로 유배되었다. 그는 60세의 노구를 끌고 유배길에 올랐다.

오봉 이호민이 송별시 한 수로 백사를 전별했다.

> 여기서 해마다 보낸 나그네가 돌아오면
> 산단에 술 올리고 강기슭에서 제사를 지냈지
> 내가 떠나는 것 가장 늦을텐데 어디로 가나
> 또 옛 친구들과 이별의 정을 나눌 수도 없겠구나

백사가 이에 화답했다.

> 구름이 해를 덮어 낮이 밤처럼 쓸쓸하고
> 북풍은 휘몰아쳐 멀리 떠나는 내 옷깃을 찢는구나
> 요동성 언저리에 옛정이 서릴런지
> 아마도 이번 가면 돌아오진 못하겠지[58]

길을 떠날 때 돌아오지 못할 것을 염려해 백사는 가족들에게 염습할 제구를 가지고 뒤따르게 했다.

철령에서 그는 시조 한 수를 읊었다.

> 철령 높은 봉에 쉬어 넘는 저 구름아
> 고신 원루를 비 삼아 띄워다가
> 님 계신 구중 심처에 뿌려본들 어떠리

철령은 강원도 회양에서 함경도 안변으로 넘어가는 높은 재이다. 고 신원루는 외로운 신하의 억울한 눈물이다. 구중심처는 아홉 겹으로 둘 러싸인 깊고 깊은 곳을 말한다. '철령 봉우리에 쉬어 넘는 저 구름아, 외

---

58 송정민 외 역, 『금계필담』(명문당, 2001), 49쪽.

화산서원 ─────
경기도 기념물 제46호, 경기도 포천시 가산면 방축리 산16-1 소재. 이항복 선생 위패를 모신 곳.

로운 신하의 눈물을 비 삼아 띄워다가, 님 계신 구궁심처에 뿌려본들 어떻겠느냐 . 이 비통한 마음을 알아달라는 신하의 눈물겨운 시조이다.

이 노래가 곧 서울, 궁중에까지 퍼졌다.

하루는 후원에서 잔치를 열었다. 광해군이 이 노래를 들었다.

"누가 지은 것이냐?"

궁녀가 사실대로 대답했다.

광해군은 추연히 눈물을 흘리고 잔치를 파했다. 자신의 잘못을 뉘우쳤다.[59] 만고의 충신 백사였으나 권신들 때문에 끝내 불러오지 못했다. 백사와 광해군은 임란 때 분조(分朝)에서 함께 동고동락한 적이 있었다. 해학과 기지로 일생을 풍미했던 오성대감은 배소에서 63세의 일기로 세상을 떠났다.

───────────
59 이가원, 『이조명인열전』(을유문화사, 1965), 547쪽.

5. 가노라 삼각산아, 김상헌

   1636년(인조 14년) 12월 병자년 청태종은 겨울 결빙기를 이용, 10만 대군을 이끌고 압록강을 건너 조선을 침공했다. 병자호란이 일어난 것이다. 청은 명장 임경업이 진을 치고 있는 의주 백마산성을 피해 서울로 진격했다. 한양의 백성들은 피난길에 나섰고 인조는 강화도에 수비 초 경계령을 내렸다. 그리고 소현세자와 봉림대군을 급히 그곳으로 피신시켰다. 인조도 그곳으로 가려 했으나 이미 청군이 길목을 막고 있어 남한산성으로 피할 수밖에 없었다.

   청군은 20만을 늘려 한강을 건너 남한산성 밑 탄천에 진을 쳤다. 40여 일간 대치가 계속되었다. 성안의 식량과 땔감은 떨어졌다. 혹한과 기아로 달아나는 군사들까지 있었다. 조정에서는 화해할 것이냐, 싸울 것이냐를 두고 논쟁만 계속되었다.

   1637년 1월 강화도가 함락되었다. 앞서 피난했던 왕자와 궁녀들이 모두 청군의 포로가 되었다. 김상용을 비롯 홍명형 등이 자결했다. 각 도의 의병들도 남한산성과 연락을 취하지 못하고 적군에게 격멸당했다.

   청태종은 조선 국왕이 직접 나와 항복하고 척화론자를 체포하여 보내라고 요구했다. 강화도마저 함락되었으니 이젠 항복하는 수밖에 없었다. 김상헌은 최명길이 초한 글을 보고 통곡, 국서를 빼앗아 찢어버렸다. 그 글에는 '조선 국왕이 삼가 글을 대청국 관온인성(寬溫仁聖) 황제 폐하에게 올리오' 라는 문구가 있었다.

   청군에게 항복할 시간만 남았다.

   용골대가 물었다.

   "삼전도에 이미 수항단(受降壇)을 쌓았고 황제가 경성에서 올 것이니 내일 예를 행하여야 한다."

홍서봉이 물었다.

"국왕은 용포를 입으니, 당연히 그 옷을 입고 나가도 좋은가?"

"용포를 입는 것은 좋지 않다."

"남문으로 나가는 것은 괜찮은가"

"죄인이 정문으로 나가는 것은 옳지 않다."

이조참판 정온이 자자(自刺)하려다 미수로 그치고 예조판서 김상헌 역시 목매 죽으려다 미수에 그쳤다.[60]

1637년 1월 30일 인조는 남염의(藍染衣)를 입고 흰 말에 올라 아무 의장도 갖추지 못하고 시종 50여 명을 데리고 세자와 함께 서문으로 나갔다. 삼전도에서 청태종에게 무릎을 꿇었다. 그리고 신하의 예를 다해 항복문서에 조인했다.

청나라의 풍속에 따라 삼배구고두례(三拜九敲頭禮)를 올렸다. 세 번 절하고 아홉 번 머리를 바닥에 두드리는 예였다. 단 위에 앉아 있는 청태종의 귀에 절하는 소리가 들려야 했다. 인조의 이마에서는 피가 흘렀다. 조선왕조 최초의 수치였다.

청군은 철수하면서 소현세자, 빈궁, 봉림대군, 인평대군 등을 척화론을 주장했던 대신들과 함께 볼모로 청으로 끌고 갔다. 척화파 홍익한·오달제·윤집 등은 심양에서 살해되었다. 이를 삼학사라 한다.

김상헌은 남한산성에서 안동으로 퇴거했다. 그는 거기에서 청의 줄기찬 출병 요청에 강력한 반대 상소를 올렸다. 위험인물로 지목, 1639년 기어이 김상헌은 심양으로 끌려가고 말았다. 그는 청인들의 굴복 요구

---

60 이선근, 『대한국사 5』(신태양사, 1977), 258쪽.

에 불복하며 끝까지 저항했다.

김상헌은 청으로 끌려가면서 시조 한 수를 읊었다.

> 가노라 삼각산아 다시 보자 한강수야
> 고국 산천을 떠나고자 하랴마는
> 시절이 하 수상하여 올동 말동 하여라

나는 간다. 삼각산아, 다시 보자 한강수야. 고국 땅을 떠나고자 하건마는 시절이 하도 뒤숭숭하니 돌아올지 못 올지 모르겠구나. 울분에 찬 비분강개와 우국충정의 심정을 노래한 시조이다. 춘원 이광수는 이 노래를 다음과 같이 평했다.

> 이 노래는 진실로 작자의 뼈를 깎아 붓을 삼고, 가슴을 찔러 먹을 삼아서 조국의 강산과 동포에게 보내는 하소연이요, 부탁이었다.[61]

---

61 김종오 편저, 『옛시조 감상』(정신세계사, 1978), 27쪽.

제8장 망할놈의 마을에서 쉰밥을, 김삿갓

1. 김삿갓 별명

순조 11년(1811) 홍경래가 난을 일으켰다. 선천부사 김익순이 반란군에 붙잡혔다 겨우 살아났다. 그후 김익순은 반란군 참모의 목을 돈을 주고 산 다음 자신이 세운 공인 것처럼 상부에 올렸다. 그것이 발각되어 그만 처형당했다.

그 죄로 집안이 멸족당했다. 이때 병연은 6세로 형 병하와 함께 충복 김성수의 도움으로 황해도 곡산으로 피신했고, 모친은 막내 병호를 데리고 광주, 여주, 가평 등지로 피신했다. 후일 멸족에서 폐족으로 감형되었고 1825년 아버지는 경남 남해에서 화병으로 죽었다. 어머니는 병연, 병하 형제만을 데리고 지금의 강원도 영월읍 삼옥리로 들어갔다.

김삿갓은 1807년 순조 7년에 태어나 1863년 철종 14년에 졸했다. 57세이다. 본명은 김병연, 자는 성심 호는 난고이다. 별호는 삿갓 또는 김립이다. 본관은 안동이며 김안근과 함평 이씨 사이의 차남으로 서울에서 태어났다. 선비 집안의 피는 속일 수 없었던지 김병연은 어려서부터 재주가 많았고 학문에 뛰어났다.

병연은 20세 때 영월 과장에 참가했다. 시제는 「논정가산충절사탄김익순죄통우천(論鄭嘉山忠節死嘆金益淳罪通于天)」이었다. 홍경래 난 당시 '평안도 가산군수 정시의 충절을 기리고 선천부사 김익순의 죄를 통탄하라'는 내용의 글제였다. 가문의 내력을 알 리 없는 김병연은 김익순의 죄상을 낱낱이 파헤쳐 장원했다.

36행으로 된 시 중 마지막 7행은 다음과 같다.

> 서쪽의 역적 홍경래한테 무릎을 꿇다니 말이나 되느냐
> 죽은 혼조차도 황천으로 가지 못할 네놈이니
> 저승에도 선대왕의 영혼이 계시는 까닭이러라
> 임금님을 버리는 날에는 조상 또한 버리는 것이니
> 한 번 죽음은 가볍다 만 번 죽어도 마땅할 것이로다
> 공자의 춘추필법을 너는 아는가 모르는가
> 이 치욕사는 조선의 동방 역사에 길이길이 전해지리라

김삿갓은 어머니로부터 가문의 내력을 들었다. 김익순은 김삿갓의 조부였다. 조부는 나라의 반역 죄인이었고 자신은 씻을 수 없는 통한의 죄인이 되었다. 그는 '영월군 하동면 와석 1리 어둔'으로 세상의 부끄러움을 피해 집을 옮겼다. 세상의 영원한 죄인으로 처자식을 놓아둔 채 김삿갓은 방랑길에 올랐다. 조상을 욕되게 한 자가 하늘에 얼굴을 들고 다니는 것은 있을 수 없는 일이었다. 삿갓을 쓴 연유가 거기에 있다. 그래서 김삿갓이라는 별명을 얻었다.

2. 동가식서가숙

그는 조선 팔도를 30여 년을 떠돌다 1863년 3월 29일 전라도 화순 동복면 구암리에서 세상을 마쳤다. 세상을 떠돌며 세상의 과객으로 아무런 기록도 그는 남기지 않았다. 한시만이 팔도강산에 흩어져 남아 있을 뿐이었다.

이창기는 김병연의 행로를 다음과 같이 추적했다.

> 지금까지 알려진 그의 행로를 추정하면 대략 이렇다. 25세에 금강산으로 들어간 뒤 함경도 통천, 함흥, 홍원, 단천 등지를 걸식 유랑하며 20대를 보냈다. 안변에서는 군수 조윤경과 시를 주고 받기도 했다. 단천에서는 한 기생과 동거를 했다는 설도 있으며 기생 홍련과의 문답시도 있다.
>
> 30세에 들면서 평안도 일대 묘향산과 홍경래가 난을 일으킨 다복동 등지를 유랑했다. 이 무렵부터 김삿갓의 정체가 알려지고 점차 항간에 이름이 나기 시작했다. 32세 때 부인 황씨가 죽고 아홉 살의 익균이 홀로 남자, 집으로 돌아와 경주 최씨와 재혼했다. 그 뒤 다시 집을 떠나 전국을 유랑했다.
>
> 30대 중반에 들면서 황해도 일대의 구월산, 개성 등지를 떠돌다 39세 때 서울에 있는 유전 정현덕 집에 머물렀다. 40대에 들면서 경기, 강원 지방을 전전하다 중반 이후에는 홍성, 금산, 익산, 김천, 영동 등 삼남 일대를 거쳐 제주도까지 들어갔다.
>
> 50세가 넘어서 금강산과 강원도 일대를 떠돌다 외가가 있는 충남 홍성을 거쳐 전라도로 들어갔다. 그리고 전남 동복면 구암리에서 삶을 마쳤다. 그의 나이 57세였다.[62]

사람이 살아가기 위해서는 최소한 먹을 것, 입을 것, 잠잘 곳은 있어

---

62 이창기, 『김삿갓이라 불리는 사내』(하늘아래, 2003), 124쪽.

김삿갓 마을 입구에 세워진
김삿갓 목상 ————————

야 한다. 그중에서 제일 먼저 해야 할 것은 먹는 일이다. 그의 시에는 걸식, 축객시가 유난히도 많이 눈에 띈다. 인심이 고약한 것은 예나 지금이나 매일 반인가 보다.

방랑은 수행과정이다. 많은 난관문을 통과해야 한다. 욕망도 버리고 자존심도 버려야 한다. 쉰밥도 먹어야 하고 누더기 한 벌로 세상을 살아가야 한다. 땅을 요 삼고 하늘을 이불 삼아 자야 한다. 이런 과정 없이 감히 방랑의 길을 떠날 수 없다. 해탈의 길을 가야하는 것이 수행자의 길이니 방랑의 길이 어찌 수행자의 길과 다를 수 있겠는가.

금강산 아래 어느 집에서 밥을 청했다. 먹지도 못하는 쉰밥을 주었다. 아무리 인심이 야박한들 쉰밥을 주는가. 김삿갓은 쉰밥덩이 같은 시 한 수를 주인에게 던져주었다.

> 십팔 놈의 서러운 나그네에게
> 망할 놈의 마을에서 쉰밥을 준다
> 인간에게 어찌 이런 일이 있는가
> 집에 돌아가 차라리 설은 밥이나 먹는 게 낫지
> — 「스므살 아래」 전문[63]

---

63 「푸대접을 시로 풍자한 김삿갓」, 『한국구비문학대계』 영월 편, 684쪽.

기막힌 인심을 풍자한 육담시이다. 쉰밥을 준 인심을 풍자했다. 십년 묵은 체증이 쑥 가라앉는 것 같다.

세상에는 야박한 이도 많다지만 그렇지 않은 사람들도 있는 법이다. 그래도 살맛나는 것이 인생이기도 하다.

> 네발 달린 소나무 상에 놓인 죽 한 그릇
> 하늘빛과 구름 그림자 함께 떠도는구나
> 주인께서는 부끄럽다는 말 마시오
> 나는 본디 물에 푸른 산이 드리워져 있는 것을 사랑한다오
> ─「죽 한 그릇」 전문

어느 집에 가 밥 한 그릇을 청했다. 주인이 가난하여 멀건 죽 한 그릇 차려주었다. 다른 것을 대접할 수 없어 미안해하는 주인에게 하도 고마워 지은 시이다.

멀건 죽이니 멀건 죽에 하늘빛과 구름 그림자가 떠돌 수밖에 없다. 그러나 김삿갓은 본디 물 속에 떠도는 푸른 산을 사랑한다고 했으니 멀건 죽이지만 따뜻한 마음 하나로도 배를 채울 수 있다. 진실로 고마운 마음이 들어 저절로 우러나온 시이다.

> 천황씨가 돌아가셨느냐 인황씨가 돌아가셨느냐
> 만수청산이 모두 상복을 입었구나
> 내일 만일 해가 조상을 오게 된다면
> 집집 추녀마다 눈물 뚝뚝 흘리겠지
> ─「눈 3」 전문

걸작이다. 어디서 이런 설경을 보고 지은 시일까. 빼어난 경관도 경관

이지만 김삿갓의 자연을 사랑하는 마음이 더욱 아름답다. 그의 시에는 해학과 풍자만이 있는 것은 아니다. 시선 아니면 이런 노래를 지을 수 없다. 햇살에 빛나는 눈과 그 햇살에 녹는 처마 끝 고드름 눈물이 눈에 보이는 듯 선하다. 이 시 한 수면 그만이다.

어느 선녀가 잃어버렸을까
젖가슴 하나
어쩌다 이승의 글방에
떨어져 있다

글 짓던 여러 서생들
두 손으로 어루 만지니
부끄러움 견디지 못해
눈물 줄줄 흘린다

—「연적」전문

혀를 찰 수밖에 없다. 둥글게 생긴 젖가슴 모양의 연꽃 연적일 것이다. 이 연적을 선녀가 잃어버린 젖가슴으로 은유하고 있다. 잃어버린 것은 누구나 주울 수 있다. 말하자면 임자 없는 물건이다. 임자 없다고 함부로 하지 말라는 것이다.

성의 문란함을 연적 하나로 비판하고 있다. 연적을 젖가슴으로 비유했다는 것은 그저 놀라울 뿐이다. 견디지 못해 눈물을 줄줄 흘리고 있다는 것은 어쩌면 백성들의 눈물일지도 모른다. 인간의 존엄성을 노래한 빼어난 수작이다.

3. 가련과의 사랑 시편

함흥 기생 가련은 창과 자색이 뛰어났다. 그녀가 명기의 반열에 오르게 된 것은 김삿갓과의 만남 때문이다. 그 많은 이름 중에서 왜 하필 가련이었을까? 재산도 없고 사대부 하나 잡지 못하고 사내들에게 속없이 인심만 베풀어왔던 정이 많은 가련.

가련은 김립을 만나는 순간 그의 시재에 빠져 들어갔다. 가련은 시를 사랑하는 기생이었다.

김립은 즉석에서 가련에게 시 한 수를 지어 주었다.

> 가련한 행색의 가련한 몸이
> 가련의 문전에서 가련을 찾았네
> 가련한 이 마음 가련에게 전하니
> 가련은 능이 알리 가련한 이 마음을
>
> ─「가련 기생」 전문

가련이라는 말을 엮어 만든 절묘한 시이다. 천의무봉이다. 이 시는 가련한 가련에게 자신의 가련한 마음을 호소한 작품이다.[64] 재치와 낭만 그 자체이다. 무릇 풍류를 아는 기생이라면 이런 구애시를 받고 넘어가지 않는 이가 어디 있을 것인가. 사랑 놀음이라는 게 시정잡배와의 하루살이 풋사랑이 아니던가. 하늘이 준 배필이요 하늘이 준 인연이다. 그들의 만남은 운명이었다.

---

64 이명우 엮음, 『김삿갓 시집』(집문당, 2000), 47쪽.

영월 김삿갓 공원에 있는 김삿갓 시비, 「이별 1」 ───────

가련의 문 앞에서 가련과 이별하니
가련한 행객이 더욱 가련하구나
가련아, 가련케 간다고 슬퍼 말아라
가련을 못잊어 가련에게 돌아오리라

— 「이별 1」 전문

　행운유수 일편부운이라. 아무리 사랑한다 해도 김삿갓은 한 군데에 안
주하는 이가 아니다. 김삿갓은 괴나리 봇짐을 쌌다. 시 한 수를 써놓고
표표히 떠났다. 그것이 김삿갓이었다. 정을 준 여인은 떠나는 자를 잡을
수 없다. 정을 주지나 말 걸 기약의 날을 기다릴 수밖에 없는 것이 기생
이다. 이 정도의 사내라면 가련이는 어느 누구에게도 정을 주기 어려웠
으리라.

　방랑벽은 누구라도 말릴 수 없다. 행운유수 무정한 사람이라도 사랑

하는 이는 잊을 수 없다. 김삿갓도 몇 년을 떠돌다가 다시 함흥을 찾았다. 가련은 이미 이승의 사람이 아니었다.

그의 무덤을 찾아가 제를 올려 조상했다.

헤어진 후 어찌 잊었을까마는
그대는 백골 나는 백발
거울 속 내 몰골 처량한데 봄마져 쓸쓸하구나
바람소리 소소하고 그대 음성 들을 길 없고 달빛만이 망망하구나

인생은 이렇게 기약이 없는 법이다. 사랑하는 사람이 영원히 있을 것 같지만 어느새 가을바람에 가버리고 마는 것이다. 있을 때 불태웠던 사랑도 찬바람 앞에서는 한낮 티끌에 불과하다. 그래도 사랑은 해볼 만한 것인지 김립에게도 정겨운 사랑의 시들이 이렇게라도 남아 있는 것이다.

4. 성문답, 육담시

김삿갓이 평양 연광정에 이르렀을 때 해는 이미 기울어졌고 달빛이 강산을 비추고 있었다. 연광정에서는 달구경을 겸한 풍류객들의 밤놀이가 벌어졌다. 기생과 술이 있는 곳에서 김삿갓은 융숭한 대접을 받았다.[65] 어찌 시 한 수가 떠오르지 않겠는가?

삿갓 : 평양 기생은 무엇을 잘해서 능하다고 생각하는가

---

65 위의 책, 55쪽.

기생 : 노래에 능하고 춤에 능하고 또 시에도 능하오
삿갓 : 능하고 능한 가운데 별로 능한 것이 없구만
기생 : 달 밝은 밤 지아비를 부르는 것도 능하지요
—「평양 기생」

이쯤 되면 김삿갓은 판정패이다. 남자 열이라도 기생 하나 당해낼 재간이 없다.

육담 설화도 소중한 문학이다. 성을 떠나서 문학을 논할 수 없다. 해학과 풍자가 넘치는 선문답 몇 점을 소개한다.

삿갓 : 바지 속 붉은 몽둥이란 놈 씨근벌떡거리는데
가련 : 분홍치마 고쟁이 속 흰조개는 입이 헤벌레져요
삿갓 : 뼈 없는 장군이 공격해오면
가련 : 맑은 계곡 조개 부인이 백기를 들어요

노골적인 유혹이다. 아무리 선비이지만 여자와 단둘이 있으면 동물에 지나지 않는다. 이것이 인간의 본능이다. 가련이도 만만치 않다. 어둠을 태워도 꺼지지 않는 뜨거운 불꽃이다. 선문답의 점입가경이다.

삿갓 : 누각 위에서 서로 만나보니 눈이 아름답고
　　　 정은 있으나 말이 없으니 정이 없는 것만 같구나
홍련 : 꽃은 말이 없어도 꿀을 많이 간직하고 있는 법이고
　　　 달은 담장을 넘지 않아도 깊은 방을 찾아갈 수 있다[66]
—「완월정에서」

---

66 위의 책, 72쪽.

들던 잔도 내려놓으면 되고 거문고도 밀쳐놓으면 된다. 그리고 불을 끄면 그만이다. 더 이상의 무슨 말이 필요한 것인가.

김삿갓이 어느 빈한한 민가에서 쉬고 있었다. 그 집 주인은 몹시 낙심해 있었다. 삿갓은 왜 그러냐고 물었다.

그 집 주인의 산소가 못자리가 좋다고 소문났다. 어느 이웃 양반 사대부집의 딸이 죽었는데 사대부집에서는 그 딸을 그 집 주인의 할아버지와 아버지의 묘 사이에다가 묘를 썼다. 묘를 파가라고 했지만 사대부집에서는 들은 척도 하지 않았다.

사연을 들은 삿갓은 일필휘지로 시 한 수를 썼다. 그리고 그것을 양반댁에 전하라고 했다.

> 사대부 따님이
> 할아버지와 아버지 사이에 누웠으니
> 할아버지에게 붙으오리까
> 아버지에게 붙으오리까
>
> —「묘분쟁」 전문

이 시를 본 사대부는 금세 얼굴이 새파랗게 질렸다. 식구들과 하인들을 즉시 불러 딸의 묘를 파갔다.[67]

세도 당당한 어느 사대부집이 못자리가 좋다해서 딸의 묘를 남의 집 가족묘 사이에 썼다. 죽은 딸을 남의 집 할아버지에게 소실로 보내는 것인지, 그 집 아버지에게 소실로 보내는 것인지 알 수 없다고 했다. 욕도 이만 저만한 욕이 아니다. 점잖은 사대부라도 창피해서 가만히 있을 리

---

67 『김삿갓의 유산』(영월문화원, 1992), 327~328쪽.

가 있겠는가.

김삿갓이 시골 서당을 들렀다. 선생은 없고 아이들만 글을 읽고 있었다. 선생은 어디 갔느냐고 물으니 대답은 아니 하고 삿갓을 거지로만 취급했다. 괘씸하여 이 시를 짓고 나왔다.

> 서당에 아침 일찍 와보니
> 방 안에 있는 녀석들은 잘난 척만 하는데
> 생도는 모두 열 명도 안되네
> 선생은 나타나 인사조차 없더라[68]

—「어느 서당을 욕함」 전문

위 한시를 음대로 옮겨보면 다음과 같다.

> 書堂來早知
> 房中皆尊物
> 生徒諸未十
> 先生來不謁

—「辱說某書堂」

> 서당은 내 좆이요
> 방중은 개 좆물인데
> 생도는 제미십이요
> 선생은 내 불알이라

이 글을 읽은 훈장은 화가 나기도 했겠지만 부끄럽기 짝이 없었을 것이다. 재치와 해학이 넘친다. 파안대소할 기막힌 욕설이다.

---

68 「김삿갓 이야기」, 『한국구비문학대계』, 469쪽.

삿갓 : 털이 깊고 안이 넓으니 반드시 사람 지나간 자취가 있구나
처녀 : 개울가 버드나무는 비가 오지 않아도 저절로 젖고
후원 동산 알밤은 벌에 쏘이지 않아도 잘도 벌어지더라

— 「처녀 희롱하다」

우문현답, 장군멍군이다. 김립의 장난기에 처녀의 앙칼진 대구가 재미있다. 시로 친다면 여인의 대구가 김삿갓보다 훨씬 낫다. 이렇게 김삿갓을 능가한 여인 때문에 김삿갓의 시가 더욱 빛난다. 성육담을 문학적으로 아름답게 표현하기 위한 하나의 구전설화일 것이다.

5. 나오며

김삿갓에 대한 이야기들은 설화로 전해오는 것이 많다. 물론 세월이 흐르면서 더러는 보태지고 더러는 재미있게 꾸며져서 전해져 왔으리라 생각된다.

김삿갓은 고고하게 수도하는 은자로서의 인물이 아니라 방랑하면서 민중과 더불어 감정을 나눈 민중시인이다. 그리고 인륜을 그르치거나 부당한 행위를 보았을 때는 비분강개하여 풍자와 익살로 가르치고 질타한 지사적인 인물이기도 하다.[69]

김삿갓은 조부의 반역죄를 질타한 죄책감으로 일생을 떠돌아다녔다. 현실에 적응하지 못하고 부당한 세상을 풍자하고 비판하기도 했으며 때로는 민중들의 편에서 서서 그들의 아픔을 대변하기도 했다. 어떤 땐 장난기 있고 신통력이 있으며 또 어떤 때는 의협심이 강하고 예언자로서

---

69 김의숙, 『김삿갓 구전설화』(푸른사상, 2001), 182쪽.

김삿갓 묘소 ————
강원도 영월군 하동면 와석리 소재

행동하기도 했다. 그래서 김삿갓은 하나의 민중영웅으로 민중들의 이야기의 대상이 되어왔다. 시간이 흐르면서 민중들은 김삿갓으로 하여금 민중들의 이상을 이야기 속에서나마 실현시키며 그들의 고통을 해소하기도 했다. 세상을 질타하도록 만들어 웃기는 민중영웅으로 각색하기도 했다. 김삿갓은 민중들의 가슴 속에 영원한 이웃으로 존재하고 있는 것이다.

　그는 서울, 충청도, 함경도, 평안도, 황해도, 경상도, 전라도, 제주도 삼천리 방방곡곡 떠돌아다녔다. 그러다 전남 화순군 동복면 구암리에서 57세로 순조 13년 1863년 3월 29일 사망했다.[70] 아들 익균이 2년 후 영월군 하동면 와석리 노루목에 옮겨 그의 유택을 안치했다.

---

70 57세 때 전라도 동복 땅에 쓰러져 있는 것을 어느 선비가 나귀에 태워 자기 집으로 데려가 거기에서 반년 가까이 신세를 졌다. 그 뒤 지리산을 두루 살펴본 뒤 3년 만에 쇠약한 몸으로 그 선비 집에 되돌아와 한 많은 생애를 마쳤다. 『영월민속사』(영월문화원, 2006), 97쪽.

제9장 날카로운 첫 키스의 추억, 만해[71]

    원효, 의상이 졸한 뒤 약 1200년 후 태어난 만해도 원효와 요석공주, 의상과 선묘와 같은 사랑 이야기가 전해오고 있다

    승려, 독립운동가 이전에 하나의 인간이다. 만해의 시편들은 여인이든 무엇이든 사랑하지 않고서는 쓸 수 없는 것들이다.

    시인의 상상은 체험의 소재들을 결합해서 새 물건을 만들어낸다는 의미에서의 창조이다. 결코 무에서 유를 탄생시킨다는, 시인이 과거의 체험 없이 상상적으로 쓸 수 있다는 것을 의미하지는 않는다. 상상은 독립된 마음의 기능이 아니고 정서나 지성이나 그 밖의 여러 가지 요소와 유기적으로 결합된 체험 양상이다.[72] 궁극적으로 체험 없이 감동적인 시를 쓸 수가 없다는 말이다.

    「님의 침묵」도 한순간에 쓰여진 것이 아니다. 오랜 삶의 질곡 끝에 어

---

71 신웅순, 앞의 책, 156~177쪽에서 발췌 및 보완함.
72 홍문표, 『현대시학』(양문각, 1988), 70쪽.

만해 초상화 ────────

느 시기에 이르러서 자연
스럽게 쓰여질 수밖에 없
었을 것이다.

만해는 13세(1892년)에
첫째 부인 천안 전씨(정
숙)와 결혼했다. 그후 19
세에 출가, 오랜 수도 끝
에 54세(1933년)에 유씨
부인(숙원)과 두 번째 결
혼을 했다.

1925년 설악산 오세암
에서 6월 7일에 『십현담

주해』를, 8월 29일에는 백담사에서 『님의 침묵』을 탈고했다.

수도 중 만해에게는 중대한 사건이 있었다. 만해가 28세 되던 해 아름
다운 보살 서여연화를 만나 사랑한 사건이었다.

만해가 건봉사로부터 유점사로 이석한 동기가 있다.

"만해당은 선학원에 있을 때 강원도 속초에서 찾아온 여인을 인정사정
없이 큰소리로 쫓아낸 일이 있소. 아무리 인정천후도심소(人情淺厚道心
疎)라 하지만…… 그 사나운 호통은 좀 지나쳤지. 그 여인이 바로 만해
당과 좋아한 일이 있어. 그 인연이 상당한 동안 끌었던 것인데……."

이청담은 한용운의 한 일화를 말한 일이 있다.

바로 그 여인 서여연화는 한용운으로서는 첫사랑이라고 말할 수 있
다. 그녀는 건봉사를 비롯해서 설악산에서도 잘 알려진 아름다운 보살
계 수계 신도였다. 선주였던 남편이 해난사고의 충격으로 요절한 뒤 남

겨진 부유하고 젊은 미망인이었다.

해제일을 기해서 그녀는 남편의 영가를 위로하는 커다란 법회를 열었다. 며칠 동안 범패까지도 경향의 명인들을 불러들인 대규모제였다. 거기서 그녀는 다른 스님들과는 달리 쌀쌀하고 입을 꼭 다문 키 작은 한용운에게 마음이 일어났던 것이다. 한용운도 그녀의 아름다움에 기울어지기 시작했다.

한국의 전형적인 여자의 아름다움은 무엇인가를 조상하는 여자, 상복을 입은 여자, 소복이라는 위대한 사치에 감싸인 여자, 혼자 있는 여자, 혼자 지키는 여자에게 잘 발견된다. 그는 그의 젊음을 장식하는 일로서 그녀와 가까웠던 것이다. 절에서 속초까지 내려가면 그는 미역 음식과 약간의 곡차(술)를 대접받는다.

스님과 여신도 사이처럼 자연스러운 접근도 그 당시 폐쇄된 윤리사회에서는 별로 없었다. 저물 무렵 동해의 파도소리가 바람의 방향에 따라 갑자기 크게 들리기 시작할 때 일어선 그의 산 두루마기 자락이 꼭 잡혀버렸다.

"내 일대시교(一代時敎)를 다 마치거든…… 내 조사(組師) 공안(公案)을 죽은 송장으로 버린 다음이거든 여연화 보살의 마음과 내 마음을 춘색으로 피어나게 하여도 됩니다. ……. 그러나 오늘은 아직 그때가 되지 않았으니 이 몸은 산행, 보살은 저 파도소리로 마음을 재우시오."

이 말을 듣고 있는 여인은 그에게 있어서 그를 그의 키보다 몇 갑절 높게 우러러보고 사모해 마지않는 그녀의 아름다움을 더욱 뜨겁게 깨닫게 하는 눈앞의 깜깜한 절벽과 같았다.

"파도가 높아요. 파도가 높으면 풍랑이 세찹니다. 스님의 길이 불편하실텐데……. 이곳에서 하룻밤 새우지요. 다만 제가 부정한 생각은 내지 않겠어요."

그는 그녀의 방에서 아무 일 없이 아주 비싼 맑은 어유등 불빛을 도와 밤을 샐 수밖에 없었다.

새벽 동해안은 파도가 잠들어서 태적했다. 먼동이 트이는 동해의 귀가 지잉지잉 울 만큼 고요했다. 그는 그녀 몰래 간단한 산행구를 들고 그 집을 도망쳐 나왔다.

그는 새벽이 어울리지 않게 한숨을 내쉬었다. 어려운 고비를 넘긴 탓이다. 계율이란 반드시 파계를 설정하고 그 파계가 뜻하는 파멸의 비의(秘義)를 깊게 한다.

종교와 본능의 모순이 즐기는 일인지도 모른다. 처음에 계율이 없었다면 무슨 파계가 있겠는가.

그가 속초 교외의 큰길에 나와서 동해 저쪽의 해돋이 전의 불그스름한 징후를 깊게 하고 있을 때 낯익은 소리가 들렸다. 그의 앞에 늙은 바다 소나무 아래 서있던 서여연화였다.

"스님!"

"아니?"

"스님이야 청풍 운수행각이시니 저에게 하직도 않고 이렇게 나오실 줄 알았습니다. 호오. 그러니 제가 스님을 전송하려고 여기까지 나와 기다리고 있었지요."

그는 이제까지 건조한 생활에서 이런 정서의 절정을 경험한 일은 처음이었다. 그가 이런 고급의 가락을 가진 그녀와 어떻게 헤어져서 건봉사로 돌아갔는지 모를 정도였다.

그의 건봉사 1년의 수선(修禪)은 그 가운데서 서여연화와의 정사까지도 포함되었다. 건봉사 본말사(本末寺)를 영도하는 중견승 이대련의 충고까지 받았다. 그렇다면 왜 내가 불교의 본지(本旨)인 선정(禪定)으로부터 황급하게 금강산의 수학으로 전종(轉宗)했는가를 그의 수선(修禪) 좌절로 밝혀낼 수 있다. 그 실패의 원인이 그녀였던 것이다.

그 이후 그녀는 한용운이 3·1운동에 치열하게 참가할 때까지의 동해 안시대 전체를 돌보아주는 용운화주(龍雲化主)가 된다. 그리고 그런 관계 는 그가 선학원으로 찾아온 그녀를 쫓아버리는 일로 끝나버리는 것이 다.[73]

1910년 한일합방된 해 만주에서 귀국 후에 속초로 갔다. 거기서 옛 애 인이며 수계보살인 서여연화를 다시 만났다.

그와 그녀의 충정은 깊었다. 한용운으로서는 그녀가 원효의 요석이 요, 의상의 선묘였던 것이다. ……. 그의 아버지는 동학혁명에 뛰어들 어 희생되었다. 그리고 남편을 잃었다. 아름다운 여인이었다. 깊은 불 심을 가진 설악산의 선녀였다. 그리하여 한용운의 설법을 듣고 그의 교법(敎法)과 그의 정치(情致)를 함께 받았다. 그녀는 죽은 남편을 천도 하다가 그 천도승을 만났다. 다시 말하면 그들은 사연(邪戀)으로 만난 것 이다.

「님의 침묵」의 임은 화자를 여성화시켜 사랑의 간절한 정서를 표현하 고 있다. 그리고 그 임을 그는 서연연화를 대상으로 삼고 있다. 그녀의 사랑을 발전시켜 겨레와 여래(如來)의 우주공간을 낳은 것이다.[74]

1922년 한용운이 서대문형무소에 수감되었을 때이다. 이때의 서여연 화와의 일화 한 토막이 있다.

---

73 고은, 『한용운 평전』(민음사, 1975), 157~159쪽.
74 위의 책, 218쪽.

한용운은 서여연화가 서울에 와 있으면서 면회를 하려고 할 때 그녀인 줄 알고 그냥 감방으로 들어가버린 일이 있었다. 그러나 그녀는 그가 출옥할 때까지 서울에 있다가 그를 만나본 다음에야 영동(嶺東)으로 넘어갔다.[75]

상황으로 미루어 '님'의 이성의 실체는 첫째 부인도 아니고 둘째 부인도 아니다.

만해의 '님'은 만해가 순순하게 창조해낸 님이 아니다. 여러 체험적인 요소들이 유기적으로 결합되어 오랜 인고 끝에 탄생된 '님'이다.

이성과는 동떨어져 수도하는 만해에게 젊고 아름다운 이성이 나타났다는 것은 만해의 문학세계에서는 중대한 사건일 수 있다. 만해도 평범한 하나의 인간에 불과하다. 만해에게 있어서 미모의 서여연화는 만해의 시 '님'에 와서 하나의 상징이 되었다.

한용운이 「님의 침묵」을 집필할 무렵 그와 함께 외설악 신흥사에서 동거한 일이 있는 미모의 보살 서여연화가 백담사를 자주 출입한 사실은 「님의 침묵」에 대한 한 상징을 이룬 것[76]이라고 말할 수 있을 것이다.

상징체계를 해석해낸다는 것은 부질없는 일일 수 있다. '님'은 사랑하는 여인, 민족이나 조국, 종교적 세계에서의 절대자 등일 수 있고 그 모든 것을 초월한 생명의 근원, 삶을 위한 신념일 수도 있다. 속세를 벗어난 절대적 경지에서의 침묵, 자유, 사랑 그 자체일 수도 있다. 「님의 침묵」은 서여연화와의 사랑이 일차적 근원으로 작용되었으며 다른 사랑의 시편들도 그런 맥락에서 창작되었으리라 생각된다.

---

75 위의 책, 292쪽.
76 위의 책, 309쪽.

님은 갔습니다. 아아 사랑하는 나의 님은 갔습니다.

푸른 산빛을 깨치고 숲을 향하여 난 작은 길을 걸어서 차마 떨치고 갔습니다.

황금의 꽃같이 굳고 빛나던 옛 맹세는 차디찬 티끌이 되어서 한숨의 미풍에 날아갔습니다.

날카로운 첫 '키스'의 추억은 나의 운명의 지침을 돌려놓고 뒷걸음쳐서 사라졌습니다.

나는 향기로운 님의 말소리에 귀먹고 꽃다운 님의 얼굴에 눈멀었습니다.

사랑도 사람의 일이라 만날 때에 미리 떠날 것을 염려하고 경계하지 아니한 것은 아니지만 이별은 뜻밖의 일이 되고 놀란 가슴은 새로운 슬픔에 터집니다.

그러나 이별을 쓸데없는 눈물의 원천을 만들고 마는 것은 스스로 사랑을 깨치는 것인 줄 아는 까닭에 걷잡을 수 없는 슬픔의 힘을 옮겨서 새 희망의 정수박이에 들어부었습니다.

우리는 만날 때에 떠날 것을 염려하는 것과 같이 떠날 때에 다시 만날 것을 믿습니다.

아아 님은 갔지마는 나는 님을 보내지 아니하였습니다.

제 곡조를 못 이기는 사랑의 노래는 님의 침묵을 휩싸고 돕니다.

—「님의 침묵」 전문

1933년 55세에 이르러 만해는 평소 그를 존경해오던 늙은 여신도의 충정어린 권을 받아들여 한 병원에서 계속 16년간이나 간호원으로 근무해오던 36세의 노처녀 유숙원을 맞아 재혼을 했다.

이 유씨 부인은 만해가 1944년 66세로 입적하기까지 삯바느질 등 갖은 고생을 하며 손수 가계를 꾸려왔다. 그런 어려운 생활 가운데서도 불평을 보이지 않고 극진히 만해를 공경해왔다. 실로 만해의 노경을 떠받든 은인이라면 더 없는 은인이었다.

심우장 ————————
서울시 기념물 제7호, 서울시 성북구 성북동 222-1 소재

　유씨 부인과 재혼하던 1933년 말경 성북동에 심우장을 지었다. 총독부 돌집을 마주 보기 싫어 북향집을 지었다고 해서 유명해진 조그마한 사저이다.

　1934년에는 유씨 소생으로 딸 영숙을 낳았다. 이는 만해의 유일한 딸인 동시에 직접 슬하에 키우며 낙을 누릴 수 있었던 단 하나의 소생이었다.

　국학자인 위당 정인보 선생은 '인도에는 간디가 있고 조선에는 만해가 있다.'라고 말했으며, 임꺽정의 저자인 홍명희도 '청년들이여 만해한 사람을 아는 것은 다른 사람 만 명을 아는 것보다 낫다.'라고 만해를 찬탄하였다. 경허 스님의 수제자인 만공 스님도 '우리나라는 사람이 귀한데, 꼭 하나와 반이 있다. 그 하나가 만해이다.'라고 말을 했다.

　정찬주는 소설 『만행』에서 서여연화와의 만남을 다음과 같이 묘사

했다.[77]

　여연화가 암자를 찾아 올라온 것은 다음날 정오 무렵이었다. 만해와 태허
가 아침 참선을 끝내고 막 결가부좌를 풀고 있을 때였다. 여인의 목소리가
방문 밖에서 들려왔다.
　"스님 계십니까?"
　"뉘시오?"
　"스님."
　만해는 여연화를 알고 있었다. 더위가 한창 기승을 부릴 때 여연화를 무불
선원 앞에서 마주쳤고, 그 후 몇 번이나 공양하는 요사에서 만나 서로 합장을
했는데, 그때 그녀는 여름철 동안 피서차 건봉사 객실에 와 있었던 것이다.
　만해는 그녀를 잠깐 마당에 세워두었다. 태허의 눈치를 보지 않을 수 없기
때문이었다. 태허는 여자라면 무조건 멀리하는 선승이었다. 태허가 본능적
인 애욕을 없애버리고자 자신의 남근을 잉걸불로 소신했다는 이야기는 건봉
사의 모든 대중들에게 잘 알려진 일화였다.
　"스님 어떻게 할까요?"
　그러자 태허는 볼일이 있거든 밖에서 만나라는 눈짓을 했다. 할 수 없이
만해는 뜨락으로 나와 여연화를 맞이했다.
　"무슨 일로 찾아왔소."
　"스님, 이런 박대가 어디 있어요?"
　여연화는 건봉사 대시주자로서 승려들에게 각별한 대접만 받다가 마당가
에 세워두는 만해가 못마땅하여 불평했다.
　"문전 박대가 아니오. 태허 스님께서 계시니 조용히 하시오."
　만해는 일부러 쌀쌀맞게 말했다. 그녀는 아직도 암자를 올라오느라 숨이
찬 듯한 얼굴이었다.
　"여기까지 올라오느라 땀 좀 흘렸을 터이니 저기 우물로 가 약수나 한 그

77　정찬주, 『만행』(민음사, 1999), 187~197쪽.

릇 하시오."

"됐습니다. 스님 말씀만으로 마신 것이나 진배없습니다."

여연화는 수줍은 여인이 아니었다. 당돌하고 활동적인 여인으로서 가까이 보니 상당한 미인이었다.

"그래 날 찾아온 이유가 뭐요?"

"듣던 대로 스님은 차갑군요."

"하하. 죽은 남편을 위해 재 지내러 왔으면 그만이지 승려의 태도가 무에 관심사라는 거요. 기가 막히니 헛웃음이 나오는구려."

그제야 여연화는 얼굴을 붉혔다. 만해의 한마디에 주눅이 든 것이었다. 그래도 여연화는 기분이 좋았다. 죽은 남편의 소리를 만해를 통하여 듣는 것 같았다.

"그래, 나에게 힘이 되어줄 분은 바로 이 스님이야. 이 스님이야말로 저 세상으로 떠난 남편 대신 나의 외로움을 덜어줄 수 있는 분이야."

여연화는 중얼거리면서 만해를 뒤따라갔다. 여연화는 계곡을 건너자마자 만해에게 제의했다.

"스님, 부탁이 하나 있습니다."

"그게 뭐요?"

"들어주시렵니까?"

"예까지 날 찾아와 간청하는데 못 들어줄 이유가 어디 있습니까?"

"그렇다면 말씀드리겠습니다."

잠깐 망설이더니 여연화가 말했다.

"스님 공부하시는데 제가 뒷바라지하겠습니다."

"화주가 되겠다는 말씀인데 선방 수좌는 옷 한 벌 바리때 한 벌이면 족하니 다른 스님을 도와주시오."

"스님! 선방, 선방하지 마셔요. 지금은 해제 기간입니다. 그래서 스님과 이렇게 인연 맺으며 이야기를 나누고 있고요."

"허허."

만해는 반대도 아닌 미소를 짓고 말았다. 여연화도 고른 치아를 드러내며 웃었다.

"스님, 고맙습니다."

여연화는 단풍이 아직 물들지 않은 약초 잎을 따서 계곡물에 던지고 있었다. 약초 잎은 여울에서 빙빙빙 맴돌았다.

"사실은 며칠 전에 스님을 생각했습니다. 재 올릴 때 스님께 염불을 부탁하려고요."

"난 염불하는 중이 아니오."

"어머, 그런 말씀 마셔요. 건봉사 스님들이 서로 해준다고 해서 노심초사했답니다."

"그래요? 중도 사람이니 천차만별 아니겠소."

"스님, 찬바람 좀 그만 내셔요, 너무 쌀쌀맞게 그러지 마셔요."

"재를 지낸답시고 푸닥거리하듯 하는 것을 보면 난 정나미가 떨어지오."

여연화는 기분이 금세 상했다. 만해의 표현은 자신의 상처를 헤집는 것이라고 생각했다. 죽은 남편을 극락왕생 시키고자 정성을 다해 재물을 바쳐가며 그러는 것인데 한마디로 푸닥거리라고 비하하니 여간 섭섭해지는 것이 아니었다.

"그런 스님께서는 제 남편을 위해 제가 어찌해야 한다고 보십니까?"

"물론 재 자체를 부정하는 것은 아니오. 형식이란 내용을 담는 그릇이니까. 문제는 형식이 지나치게 강조되어 본말이 바뀌는 것이오. 죽은 남편을 극락왕생 진정 기원한다면 굳이 건봉사까지 와서 재 지낼 필요 없이 집에서 정화수 떠놓고 간절하게 기도를 해도 된다는 말이오. 아마 죽은 남편도 떠들썩하게 치르는 재보다 남몰래 간절하게 기도해주는 것을 더 바랄 것이오."

여연화는 입을 다물었다. 사실, 재를 올릴 때마다 자신의 재력을 은근히 과시해보려는 구석도 있었던 것이다. 미망인이라고 해서 자신을 얕보지 못하도록 더욱 더 많은 재물을 사들이는 등 소문나게 재를 지내려 했던 것이다.

그런데 만해에게는 그런 과시가 전혀 통하지가 않았다. 그러기는커녕 구박을 받았다. 여연화는 어이가 없었지만 그래도 만해의 직설적인 성깔에 이끌렸다.

"어머!"

숲속에서 부스럭거리는 소리가 났다. 만해는 단번에 그 소리가 무엇인지 짐작했다. 만해는 조그만 돌멩이를 하나 집어던졌다. 그러자 살이 통통하게 오른 노루 한 쌍이 껑쭝 뛰어오르더니 산등성 쪽으로 달아났다.

여연화는 다음날도 암자로 찾아왔다. 만해는 태허의 눈치를 보지 않을 수 없었다.

"여기는 수도하는 암자이니 그만 찾아오시오. 낙산사에서 월화 스님을 뵙기로 했으니 그때 속초에 가면 시간을 내어 보살댁으로 한번 가겠소."

"정말이셔요?"

"그렇소."

"꼭 들르셔요. 제가 스님께 공양할 기회를 주셔요."

"여연화 보살, 알겠으니 이제는 암자에 오지 말아요."

"그럼, 스님. 저희 집에서 기다리겠습니다."

만해는 안심했다. 여연화가 암자에 올라올 때마다 태허의 눈살이 찌푸려졌던 것이다. 어느 날에는 태허가 이렇게 말하기도 했다.

"계집년에게 끄달려 망하지 말고 공부나 잘해. 끄달리는 날에는 참선이고 화두고 간에 하루아침에 거덜나 거지꼴이 되어 버리고 말 것이야."

이런 태허의 태도는 『화엄경』의 대가인 월화와 정반대였다. 월화는 한마디로 무엇에나 걸림이 없는 무애 행의 승려였다. 너무 호방하여 절집에서 쫓겨날 뻔했지만 그의 기개는 아무도 흉내내지 못했다. 때와 장소에 따라서 다른 모습으로 돌변하여 승려들을 놀라게 했다.

술꾼을 만나면 술꾼이 되고, 장돌뱅이를 만나면 장돌뱅이가 되고, 백정을 만나면 백정이 되고, 승려를 만나면 승려가 되는 자유분방한 승려였다.

만해는 월화를 만나기 위해 건봉사에서 낙산사로 내려갔다. 낙산사는 의상대사가 창건한 사찰인데 관음보살의 전설이 도량 구석구석에 서려 있는 곳으로 유명했다. 월화는 만해를 몹시 반갑게 맞아주었다.

"어서 오게나. 이 절에는 염불하는 중하고 기도하는 중뿐일세. 염불하는 중은 하루종일 중얼거리고, 기도하는 중은 하루종일 벙어리지. 그러니 어느 장단에 맞춰 춤을 추겠는가. 사정이 이러하니 낙산사에서는 곡차에 취해 오락가락하는 수밖에 별다른 수행이 있겠나."

"스님 법문은 그렇습니까?"

"그렇다네. 난 이제 부처님 말씀을 팔아먹는 법문은 하기 싫어 죽겠지 뭔가. 그러니 곡차나 마시며 끄윽끄윽 트림이나 하고 지내는 수밖에. 하하하."

"저도 트림이나 하라고 부르셨습니까?"

"아암, 그렇지 그래."

며칠 뒤 만해는 월화를 따라 곡차에 취했다. 수년 만에 마시는 곡차는 머리를 빙 돌게 했고, 거침없는 행동이 나오게 했다. 태허에 의해서 짓눌려졌던 자유분방함이 월화를 통하여 되살아났다. 만해는 기도하고 있던 승려의 목탁을 빼앗아 들고 춤을 추었다.

"어디 나도 낙산사 홍련암 관음보살님을 만나 얼씨구절씨구 한바탕 춤이나 춰볼거나."

만해는 밤이 되면 어김없이 『화엄경』의 대가인 월화의 부름을 받았다.

"만해 수좌. 이리 오게나. 이 물오징어를 자네 뱃속에 넣어 방생해야 하지 않겠나? 자비를 베풀어보게나."

"그렇습니까? 월화 스님, 저도 진묵 스님처럼 물고기를 실컷 먹고 살려내어 똥구멍으로 방생해보이고 말겠습니다."

낙산사 승려들이 볼 때 월화와 만해의 행동은 파격 그 자체였다. 바닷가에서 어부들에게서 얻어온 생선을 안주 삼아 술을 마시고 춤추는 것을 보면 기가 막혀 입이 다물어질 뿐이었다.

어느새 만해는 월화를 닮아 있었다. 속초 장날, 술에 취해서 장돌뱅이들과 싸움판을 벌인 날도 있었다.

"어허 중놈이 술 취해 비틀거리는 꼴 좀 보그레이."

"야, 이놈들아! 네놈들도 술에 취했고 나도 술에 취했다. 승속을 가릴 게 무에냐!"

"어허, 중놈의 베짱이 제법이구나."

"이놈들아, 네 식솔들이 지금 쫄쫄 굶고 있을 텐데 어이하여 너희는 취하여 장바닥을 헤매고 다니는고!"

"이 버릇없는 중놈이!"

장돌뱅이의 주먹을 맞은 만해는 맥없이 쓰러지고 말았다. 그러나 쓰러지고 나서도 고래고래 소리를 질렀다.

"허, 고놈 주먹맛이 고추 맛이군. 하지만 된장 맛을 내려면 아직 멀었어!"

그러자 장돌뱅이들은 만해의 기세에 눌려 슬슬 꽁무니를 빼고 사라졌다. 만해는 툭툭 털고 일어나서 술집으로 다시 들어갔다.

"주모, 술 한 병만 더 주시오."

그러고는 한두 잔 더 마신 다음 고개를 꺾고 있다가 쓰러져 버렸다. 여연화가 술 취해 쓰러져 있는 만해를 발견한 것은 바로 그때였다. 여연화는 뒤따라 걷고 있던 하인들을 불러 지시했다.

"저 쓰러져 있는 스님을 조심스럽게 집으로 모셔라."

여연화의 지시에 따라 두 하인은 만해에게 다가가 그를 부축해서 일으켜 세웠다. 만해는 여전히 정신을 잃은 채 알아듣지 못할 소리를 중얼거리고 있었다.

"마님, 어찌 술주정뱅이 중을 모시라 합니까?"

"어서 집으로 모시거라. 귀하신 스님이다."

여연화는 행인들이 뜸한 산모퉁이에 도착해서야 하인을 세웠다.

"예서 잠시 쉬었다 가자꾸나."

만취한 만해는 아직도 여연화를 알아보지 못하고 있었다. 여연화는 멍하니 파도가 넘실거리는 바다를 바라보았다. 밀려오는 파도의 흰 거품이 여연화의 눈에는 바다의 한숨으로 보였다. 바닷가에 이르면 바로 스러지고 말 운명인데도 그것을 거부하는 몸짓이 계속되고 있는 것이었다.

문득 여연화는 자신의 마음이 달려오는 저 파도와 같다고 생각했다. 언제나 허망한 일이었지만 자신의 마음을 끝없이 만해를 향해서 달려왔던 것이다. 여연화는 오늘밤에는 그 허망한 가슴을 꼭 달래고야 말겠다고 중얼거렸다.

"그래, 오늘밤에는 스님을 안방으로 모셔야지. 귀하신 스님을 사랑채에 모실 수는 없어."

여연화는 바닷바람이 차갑다는 핑계로 하인들을 다시 불렀다.

"바람이 차갑구나. 어서 가자."

"마님, 스님을 어느 방으로 모실까요?"

"신경 쓸 거 없다."

"사랑채에 모실 것 같으면 청소도 하고 불도 들여야지요."

"안방으로 모셔라."

"네?"

"안방으로 모실 것이니라."

여연화는 가슴이 설레었다. 사모했던 만해 스님을 안방에 모신다고 생각하니 마음을 진정시킬 수가 없었다. 만해는 아직도 술에서 깨어나지 못하고 있었다.

"저리 비켜라. 이제부터 내가 부축할 터이니."

대문을 들어서자 술 냄새가 코를 찔렀지만 그래도 여연화는 까슬한 장삼 자락의 감촉이 좋았다.

널찍한 방에 들어서는 순간 만해는 힘없이 쓰러져 버렸다. 여연화는 재빨리 자리를 편 다음, 부엌으로 나가서 꿀물을 준비했다. 그리고 식모를 시켜 미음을 쑤게 했다.

남폿불을 켜자 그제야 만해가 눈을 떴다.

"여, 여기가 어디요?"

"스님, 걱정 마셔요. 여긴 여연화집이에요."

"여연화 보살 댁이란 말이오?"

"네."

만해는 머리가 얼얼했다. 그러나 정신은 조금씩 들었다.

"이 꿀물을 드셔요."

"으음."

만해는 여연화가 내미는 꿀물을 마지못해 마셨다.

"대취했나 보구려. 장터에서 술꾼들하고 다투던 것만 기억나고 그 뒤로는 전혀 생각나지 않으니."

"여기, 미음도 좀 드셔요."

"아, 아니오. 어서 낙산사로 돌아가야겠소. 여기서 잠을 잘 수야 없지 않겠소."

만해는 비틀거리며 일어났다. 그러나 여연화도 지지 않았다.

"스님의 지금 마음은 보리심이 아니십니다. 보리심이란 큰 바람처럼 무엇에도 거리낌이 없는 것이라고 저에게 말씀하시지 않았던가요. 왜 저를 꺼리십니까?"

"내가 그렇게 보이오?"

여연화가 내뱉은 통박에 만해는 정신이 번쩍 났다. 여연화에게 일격을 당했는데 반격할 말이 떠오르지 않을 정도였다. 할 수 없이 만해는 자리에 다시 주저 않고 말았다.

"좋소, 보살이 그러하니 오늘은 이 방에서 머무르겠소."

만해는 얼얼한 정신에도 여연화의 마음이 느껴졌다. 여연화의 눈빛에서 켜켜이 재인 그녀의 외로움을 읽을 수 있었다. 만해는 체념한 상태에서 중얼거렸다.

"지계할 것인가, 파계할 것인가. 여인의 방에서, 그것도 미망인의 방에서 하룻밤을 보내는 것은 파계가 아닌가."

그러나 두 사람은 남폿불을 끄자마자 한 몸이 되었다. 여연화의 몸에서 먼저 불길이 타올랐다. 여연화는 자신의 불길에 견디지 못하고 몸을 비틀었다. 어느새 만해도 정염의 불길 속으로 끌려갔다. 지계니 파계니 하는 분별심도 무섭게 타오르는 불길 속에서 납처럼 녹아 없어져버렸다.

원효와 요석공주는 원효가 거짓 물에 빠진 것을 기화로 요석공주와 사랑해 설총을 낳았고 원효대사는 선묘의 지극한 사랑으로 부석사를 창건했다. 픽션이기는 하나 만해의 만취를 기화로 서여연화를 사랑해 「님의 침묵」의 한 상징을 이룬 것은 아니었을까.

구애받지 않는 자유인으로서 고승들이다. 그들도 고승 이전에 인간이며 인간 이전에 남성이다. 어느 누구도 사랑의 속박에서 벗어날 수 없다. 세상의 이치는 모두 마음먹기에 달려있다.

네 네 가요 지금 곧 가요

에그 등불을 켜려다가 초를 거꾸로 꽂았습니다그려 저를 어쩌나 저 사람들이 흉보겠네

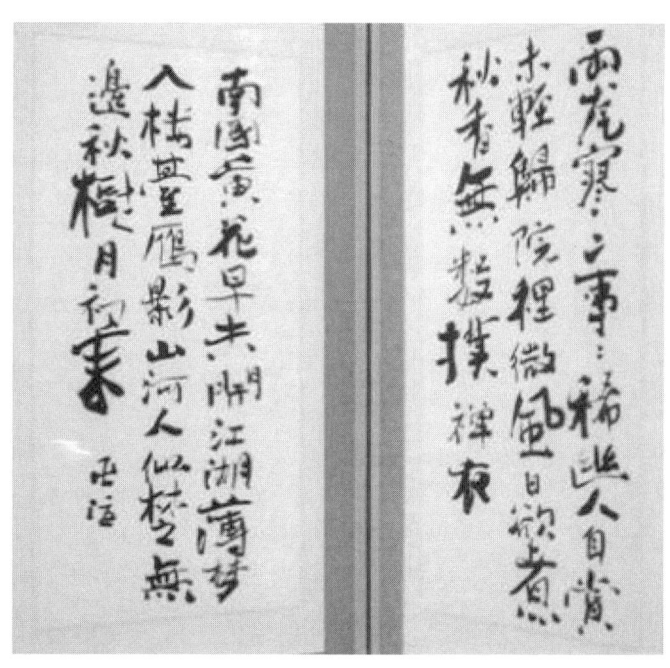

　　님이여, 나는 이렇게 바쁩니다. 님은 나를 게으르다고 꾸짖습니다. 에그 저것 좀 보아 '바쁜 것이 게으른 것이다.' 하시네.
　　내가 님의 꾸지람을 듣기로 무엇이 싫겠습니까 다만 님의 거문고 줄이 완급을 잃을까 저어합니다.

　　님이어 하늘도 없는 바다를 거쳐서 느릅나무 그늘을 지워버리는 것은 달빛이 아니라 새는 빛입니다.
　　홰를 탄 닭은 날개를 움직입니다.
　　마구에 매인 말은 굽을 칩니다.
　　네 네 가요 이제 곧 가요

　　　　　　　　　　　　　　　　　　　　　　　—「사랑의 끝판」전문

사랑의 끝은 어떤 것일까.

떠남과 기다림의 세계를 지배하던 「님의 침묵」은 「사랑의 끝판」에서 하나의 해답을 제시해주고 있다. 화자의 기다림이 사랑의 끝판에 가서야 능동적으로 실체화된다. 죽음을 준비하는 소극적 기다림이 아니라 행동의 의지로 님의 부름에 응하겠다는 것이다. 이러한 결단은 사랑의 끝판에서야 가능한 것이다. 사랑의 실현은 절망과 좌절과 슬픔으로 스스로를 장식하는 것이 아니라 희망과 극복과 기쁨으로 님의 부름에 참여하는 것이다.[78]

홰를 탄 닭은 날개를 움직이고 마구에 매인 말은 굽을 친다. 이제 가는 것이다. 부름에 응하여 바삐 가는 것이다.

만해는 사랑의 끝판이 무엇인지 화두를 던져주고 갔다. 사랑의 끝판을 아는 사람은 아무도 없다. 어디로 가는지 아무도 알 수 없는 것, 그것이 무애의 길인지 모른다.

---

78 최동호, 「한용운시와 기다림의 세계」, 『한용운연구』(새문사, 1982), 57쪽.

1. 금홍과의 사랑

이상은 몸단장에는 관심이 없었다. 서양사람 같은 흰 얼굴, 까무잡잡하고 긴 수염에 보헤미안 넥타이, 사철 흰 구두에, 봉두난발의 머리, 허술한 옷차림, 여윈 체구. 이상은 이런 모습이었다.

누이동생 김옥희의 오빠 이상의 모습에 대한 일화 한 토막이다.

집에 들어오시면 항상 이불을 뒤집어쓰고 누웠는데 그 누워 있는 동안에 무엇을 생각하고 또 쓰곤 했습니다.

마침 친구가 찾아와서 함께 나가게 되었습니다.

벽에 걸린 외투를 입었는데 벗었을 때 상의를 외투와 함께 벗어 걸었던 것을 그냥 입었는데, 한쪽 상의 소매가 팔에 꿰어지지 않고 외투 소매만 꿰었으니 상의의 소매 하나가 외투 밖으로 나올 수밖에 없습니다.

마침 길 가던 여인들이 이것을 보고 크게 웃었는데 오빠는 무관심했습니다. 친구가 그 모양을 보고 고쳐 입으라고 해도 내쳐 가는 데까지 그대로 갔답니다.[79]

---

79 김유중 외 엮음, 『그리운 이상 그 이름』(지식산업사, 2004), 59쪽.

이상은 배천 온천에서 첫 여인 능라정 기생 금홍이를 만났다. 이상의 인생에서 빼놓을 수 없는 여인이었다. 여기서부터 이상의 여성 편력이 시작되었다. 이상과 구본웅은 국향 여관에 방을 정했다. 이상은 심한 각혈에도 요양은커녕 치료에 대한 정성은 전혀 보이지 않았다. 「봉별기」에는 다음과 같이 쓰여져 있다.

> 사흘을 못 참고 기어이 나는 여관 주인 영감을 앞장 세워 밤에 장고 소리 나는 집으로 찾아갔다. 게서 만난 것이 금홍이다.
> "몇 살인구?"
> 체대가 비록 풋고추만 하나 깡그라진 계집이 제법 맛이 맵다.[80]

각혈은 계속 멈추지 않았다. 이상은 금홍이를 사랑하는 데에 골몰했다. 금홍이는 이상을 파멸시키는 데에 전력을 다한 셈이 되었다. 배천 온천에서 돌아온 이상은 그해 6월 종로 1가에 백부 유산을 갖고 다방 '제비'를 차렸다. 금홍을 다방 마담으로 앉히고 동거생활에 들어갔다. 이상은 다방에 있는 골방을 '도스토예프스키 방'이라고 불렀다.

윤태영의 회상 한 토막이다.

> 이상은 '제비'의 뒷방이 아닌 다른 방에서 금홍과 살림을 시작하였다. 박태원이 불시에 찾아가니 우미관 근방의 어느 골목 안 일각대문집인데 방방이 수십 가구가 사는 집에서 방 두 개를 얻어가지고 금홍과 이상은 각자 독립된 생활을 하더라고 했다. 이것이 「날개」의 소재가 되는 기둥서방의 생활이다. 그러다가 어느 날 홀연히 금홍은 다시 외출하고 말았고, 상은 다시 제비 '도스토예프스키 방이라고 불리운' 뒷방으로 홀로 돌아왔다.
> '제비'는 점차 파산을 맞아 이상은 집세를 못 물어 일인 가옥주는 마침내

---

80 『이상전집 1』(가람기획, 2004), 266쪽.

경성 지방 법원에 명도 소송을 제기하였다. 그러나 그는 오라는 아침 열시에 대어 가는 재주가 없어 늦잠을 자느라고 재판소엘 가지 못했다고 한다. 그래서 마침내 가장 불리하다는 궐석재판을 받고 쫓겨나게 된 것이었다.

"떼로 몰려드는 제비(빚장이)가 많으니 이 제비(다방)는 그냥 갈 수밖에 없게 됐소."

그는 가을에 '제비'를 폐업하고 부모의 집으로 돌아갔다.[81]

실화에 가까운 「봉별기」에서 이상과 금홍과의 관계를 유추할 수 있는 이런 부분이 있다.

'우'라는 불란서 유학생의 '유아랑'을 나는 금홍이에게 권하였다. 금홍이는 내 말대로 우씨와 더불어 '독탕'에 들어갔다. 이 독탕이라는 것은 좀 음란한 설비였다. 나는 이 음란한 설비 문간에 나란히 벗어놓은 우씨와 금홍이 신발을 보고 언짢아하지 않았다.[82]

나는 밤이나 낮이나 누워 잠만 자니까 금홍이에게 대하여 심심하다. 그래서 금홍이는 밖에 나가 심심치 않은 사람들을 만나 심심치 않게 놀고 돌아오는…… 즉 금홍이의 협착한 생활이 금홍이의 향수를 향하여 발전하고 비약하기 시작하였다는데 지나지 않는 이야기다.[83]

다방 '제비'는 문인, 예술가들의 아지트였다. 여기에서 이상은 구본웅의 소개로 박태원을 만났고 박태원의 경기중학 동창인 정인택, 윤태영과도 알게 되었다. 이태준, 김기림, 정지용도 여기에서 만났다.

박태원이 『조선일보』에 「소설가 구보씨의 일일」을 연재할 때 이상은

---

81 김승희 편저, 『이상』(문학세계사, 1993), 71쪽.
82 『이상전집 1』, 268쪽.
83 위의 책, 269쪽.

하융이라는 이름으로 삽화를 연재했다. 정지용이 관여하던 『가톨릭청년』에 시 「꽃나무」, 「거울」 등을 발표하기도 했다. 이상에게 있어서 1934년은 그의 문단활동이 본격화되기 시작한 해이다.

경영난으로 다방 '제비'를 폐업하고 금홍과 헤어졌다. 소설 「봉별기」에서 당시 이상의 심경을 추측할 수 있는 금홍과의 이별 장면이 나온다.

> 하루 나는 제목 없이 금홍이에게 몹시 얻어 맞았다. 나는 아파서 울고 나가서 사흘을 들어오지 못했다. 너무도 금홍이가 무서웠다.
> 나흘 만에 와보니까 금홍이는 때묻은 버선을 윗목에 벗어놓고 나가 버린 뒤였다.[84]

2. 권순옥과 이상

'제비'가 파산되고 금홍이도 사라졌다. 인사동에 까페 '학'을 인수했으나 얼마 못가 이도 실패하고 말았다. 종로 1가에 다방 '69'를 차렸으나 이 또한 실패, 다시 다방 '맥'을 경영했으나 이것 또한 실패하고 말았다. 가족은 적선동에서 빈민촌 신당동으로 이사했다.

카페 '학'은 한때 이상·권순옥·정인택의 삼각관계의 무대였다. 처음에는 카페 주인인 이상과 여급 권순옥이 서로 사랑했다. 순옥은 고리키 전집을 하나도 빼놓지 않고 독파하였다는 여인으로 이상이 보배로 여겼다고 한다. 여기에 정인택이 가세했다. 어느 날 정인택의 자살 소동이 벌어졌다. 난감한 것은 이상이었다. 이상은 입원한 정인택에게 권순옥을 데리고 갔다. 정인택과 권순옥의 사랑을 성취시켜 주었다. 1935년

---

84 위의 책, 270쪽.

8월 29일 동소문 밖 신흥사에서 이상의 사회로 정인택과 권순옥은 결혼식을 올렸다.

> 그날 밤 이상은 그의 트리오 박태원, 윤태영과 함께 종로 바닥의 술집을 순례했다. 거기서 처음으로 이상은 그의 마음을 털어놓았다는 것이다.
> "여보, 박형, 여보 윤형, 참, 이제는 '학'도 남에게 넘기고, 참, 내가 설계한 '69'도 이미 남의 것이 되었고, 참, 그리고 순옥도 정군에게 가고 말았소. 이제는 모든 것이 남에게 가고 말았소. 이제부터는 아하, 내가 제일 좋아하는 노래를 생각하고 휘파람이나 실컷 불 수밖에 없소."
> 말하는 그의 추연한 얼굴에 눈물 자국을 번지게 했다.[85]

이러한 일이 있은 후 이상은 홀연 잠적했다. 친구들은 종로 본정, 황금정, 명치정을 모조리 뒤졌으나 찾을 수 없었다. 이상이 자살하지나 않았는지 무척 걱정하였다. 그러다가 갑자기 성천 마을에서 엽서가 날아 왔다.

이상은 목적 없이 경인선을 탔다. 인천에서 하루를 지내고 개성역에서 경의선을 탔다. 그는 평양을 거쳐 압록강을 건너 만주 장춘으로 가려고 했다. 만주 사변, 중일전쟁으로 검문이 심한 터라 그는 평양에서 내리고 말았다. 다시 평원선을 타고 아는 이 없는 낯선 벽지 성천 간이역에서 내렸다. 거기서 경성고공 동창, 원용석을 만났다.

원용석은 이상을 이렇게 회상했다.

> 꿈인가 생시인가 기쁘고 반가운 마음이 가슴을 꽉 메워오면서도 불안한 예감이 내 머릿속을 스치고 지나갔다. 그의 얼굴은 창백하였고, 몸이 몹시 여위었기 때문이다. 그가 학생 시절에는 이목구비가 분명한 얼굴에 붉은 기

---

85 고은, 『이상평전』(향연, 2003), 295쪽.

운이 감돌아 젊음이 넘쳐흘렀었는데, 이게 웬일인가. 그야말로 피골이 상접한 모습 그대로였다.[86)

그 유명한 정지용에게 보내는 편지체로 쓴 명문 「산촌여정—성천기행 중의 몇 절」은 이때 태어났다. 몇 절을 전재한다.

베짱이가 한 마리 등잔에 올라 앉아서 그 연두빛 색채로 혼곤한 내 꿈에 마치 영어 'T'자를 쓰고 건너 굿듯이 유다른 기억에다는 군데군데 언더라인을 하여 놓습니다. 슬퍼하는 것처럼 고개를 숙이고 도회의 여차장이 차표 찍는 소리 같은 그 성악을 가만히 듣습니다. 그러면 그것이 또 이발소 가위 소리와도 같아집니다. 나는 눈까지 감고 가만히 또 자세히 들어봅니다.
그리고 비망록을 꺼내어 머루빛 잉크로 산촌의 시정을 기초합니다.

그저께신문을찢어버린
때묻은흰나비
봉선화는아름다운애인의귀처럼생기고
귀에보이는지난날의기사

얼마 있으면 목이 마릅니다. 자리물—심해처럼 가라앉은 냉수를 마십니다. 석영질 광석 냄새가 나면서 폐부에 한난계 같은 길을 느낍니다. 나는 백지 위에 그 싸늘한 곡선을 그리라면 그릴수도 있을 것 같습니다.……
죽어버릴까 그런 생각을 하여 봅니다.벽 못에 걸린 다 해진 내 저고리를 처다봅니다. 서도천리를 나를 따라 여기 와 있습니다그려.[87)

---

86 김우중 외 엮음, 앞의 책, 170쪽.
87 『이상전집 2』(가람기획, 2004), 179~180쪽.

3. 변동림과의 결혼

이상은 낙랑 다방에서 변동림을 만났다. 그녀는 이화여전 문과를 나온 신예 여류 작가였다. 변동림은 구본웅의 서모가 낳은 배다른 동생이다.

이상은 변동림 앞에서 꼼짝달싹 못했다. 특유한 유머와 위트는 어디로 갔는지 애꿎은 각설탕만 부수고 있었다. 그런다고 레지한테 핀잔까지 맞았다. 사랑의 고백은커녕 변변한 대화 한 번 나누지 못했다. 며칠 동안 잠을 자지 못했다. 며칠 후 변동림의 뜻하지 않은 편지를 받았다. 결혼 승낙 아니 동거까지 하겠다는 편지였다.

신흥사 여관에서 첫날밤을 지냈다. 변동림은 이상과 만났을 때 이미 처녀가 아니었다. 몇 사람과 깊은 교제가 있는 여자였다. 변동림은 금홍, 순옥과 같은 직업적 유녀가 아닌 자유연애론을 가진 인텔리 여성이었다. 그들은 황금정의 작은 세간에서 신혼살림을 차렸다. 오빠 변동욱조차도 거처를 알지 못했다.

그들의 파경은 예견되어 있었다. 이상의 소설 「동해(童骸)」에서 그 면모를 살펴볼 수 있다.

> "정조 책임이 있을 때에도 다음과 같은 방법에 의하여 불장난은…… 주관적으로만이지만…… 용서될 줄 압니다. 즉 아내면 남편에게, 남편이면 아내에게, 무슨 특수한 전술로든지 감쪽같이 모르게 그렇게 스무드하게 불장난을 하는데 하고 나도 이렇다 할 형적을 꼭 남기지 말아야 한다는 것입니다. 네? 그러나 주관적으로 이것이 용납되지 않는 경우에 하였다면 그것은 죄요 고통일 줄 압니다. 저는 죄도 알고 고통도 알기 때문에 저로서는 어려울까 합니다. 믿으시나요? 믿어주세요."[88]

---

88 『이상전집 1』, 296쪽.

"불장난을 못하는 것과 안하는 것과는 성질이 아주 다릅니다. 그것은 컨디션 여하에 좌우되지는 않겠지요. 그러니 어떻다는 말이냐고 그러십니까? 일러 드리지요. 기뻐해주세요. 저는 못하는 것이 아니라 안 하는 것입니다. 지각된 연애니까요. 안 하는 경우에 못하는 것을 관망하고 있노라면 좋은 어휘가 생각납니다. 구토. 저는 이것은 견딜 수 없는 육체적 형벌이라고 생각합니다. 온갖 자연발생적 자태가 저에게는 어째 유취만년(乳臭萬年)의 넝마조각 같습니다. 기뻐해주세요. 저를 이런 원근법에 좇아서 사랑해주시기 바랍니다."[89]

둘 사이의 정조관념의 차이에서 비롯되고 있다. 재기를 위해 이상은 결혼한 지 석 달 1936년 10월 동경으로 떠났다.

4. 동경에서의 마지막

1935년에 탈고한 이상의 「환시기」는 카페 '학'의 무대에서 벌어진 이상 · 권순옥 · 정인택의 삼각관계를 다룬 소설이다.

이번에야말루 동경으루 가버리리라……[90]

사랑하는 순영(권순옥)을 송군(정인택)에게 두고 떠나면서 한 말이다. 이상은 이미 이전부터 동경을 꿈꾸고 있었다. 그러나 실제 동경으로 가지 못하고 성천으로 잠적했다. 아직은 때가 아니었던 모양이다.

1936년에 12월에 탈고한 「실화」에서는 동경으로 가기 직전의 비극을 다음과 같이 그리고 있다.

---

89 위의 책, 297쪽.
90 위의 책, 369쪽.

연이는 내 뒤를 서너 발자국 따라왔던가 싶다. 그러나 나는 예년 10월 24일경에는 사체가 며칠만이면 상하기 시작하는지 그것이 더 급했다.

"상! 어디 가세요?"

나는 얼떨결에 되는 대로.

"동경"

물론 이것은 허담이다. 그러나 연이는 나를 만류하지 않는다. 나는 밖으로 나갔다. 나왔으니, 자 — 어디로 어떻게 가서 무엇을 해야 되누.

해가 서산에 지기 전에 나는 2, 3일 내로는 반드시 썩기 시작해야 할 한 개 '사체'가 되어야만 하겠는데, 도리는?[91]

허담이지만 결국 현실이 되어버렸다.

고은의 『이상 평전』에는 동경에 가기 직전의 상황을 다음과 같이 썼다.

"나의 동경행은 여기 모인 분 밖에는 아무에게도 알리지 않았소. 처남인 변동욱들도 오늘 떠난 것으로 알려졌으니 그들은 아마 이 시간쯤 경성역에 허행을 했을 거요. 카카카카."

그들은 깊은 밤에 술에 취해서 헤어졌다. 태영은 이상에게 10원짜리 지폐를 찔러주었다.

다음날 11월 17일 밤 그들 동인들은 경성역 대합실에서 합류했다. 이상은 친구들의 송별회가 있던 어젯밤 마지막으로 아내 동림과 잠들지 못한 채 석별의 감회를 나누었다. 그들 부부는 그들이 헤어지는 마당에 깊은 사랑을 발생시켰다.

그 동안의 한한했던 그들의 생활, 위기의 연속이었던 생활의 끝에서 그들은 뜨거운 사랑에 빠진 것이다. 헤어질 때에만 사랑할 수 있는 이상의 비극이 아내 동림의 진실을 일깨웠던 것이다.[92]

---

91 위의 책, 379~380쪽.

92 고은, 앞의 책, 341쪽.

도쿄 간다 진보초 산초메 101의 4의 니시카와가에 셋방을 얻어 동경 생활을 시작했다. 여기서 『삼사문학』 동인들, 일본 유학생, 김소운 등과 어울렸다. 『삼사문학』은 1934년 9월에 창간된 슈우레알리즘이나 모더니즘을 성격을 띤 격월간 순 문예지이다. 4호까지는 서울에서, 5·6호는 동경에서 간행했다.

이상은 동경 여기저기 견문하고 술집 다방도 돌아다니고 일본 지식인을 만나기도 했다. 동경 이 골목 저 골목을 기웃거렸다. 이상은 환멸을 느꼈다. 당시 이상의 심정은 그야말로 처참함 그 자체였다.

'실로 치사스러운 데가 동경이라는 데' 글발을 띄우기도 하고, '표피적인 서구적 악취의 말하자면 그나마도 그저 분자식이 겨우 수입되어서 홈모노 행세를 하는 꼴이란 구역질이 나는 일' 이라고 타매하기도 한다.
'나는 참으로 동경이 이 따위 비속 그것과 같은 시로모노인 줄은 몰랐소. 과연 속 빈 강정 그것이오.' 라고 기림에게 써보내면서 경성으로 돌아갈 뜻을 비친다.
그러나 윤태영에게 쓴 것을 보면 '살아야겠어서, 다시 살아야겠어서 저는 여기를 왔습니다. 당분간은 모든 죄와 악을 의식적으로 묵살하는 도리 외에는 길이 없습니다. 친구, 가정, 쇠주, 그리고 치사스런 의리 때문에 서울로 돌아가지 못하겠습니다.' 라고 돌아갈 수 없는 처지를 고백하고 있다.[93]

이상은 서울로 가고 싶었다. 그 치사스러운 의리와 자존심 때문에 돌아갈 수가 없었다. 그러고도 당시에 그 무슨 힘이 솟아났는지, 죽으려고 했는지, 동경에서 무수한 작품들을 쏟아냈다. 「종생기」, 「권태」, 「슬픈 이야기」, 「환시기」, 「실화」, 「동경」 등 짧은 3개월 동안 그 많은 명문들

---

93 김승희 편저, 앞의 책, 83~84쪽.

을 써댔다. 이상은 김기림에게 이야기도 못하고 헤어지는 한이 있더라도 그저 만나기라도 하자고 했다. '내가 서울을 떠날 때 생각한 것은 참 어림도 없는 도원몽이었소. 이러다가는 정말 자살할 것 같소.' 절박한 당시의 위기가 어떤지 김기림의 일곱 번째 서간에서 보여주고 있다.

이상은 그의 소설 「종생기」에서 죽음을 위한 묘지명까지 작성해놓았다. 그의 처지가 얼마나 처참했는지 알 수 있다. 그는 죽음을 이미 예비해놓고 있었다.

> 묘지명이라. 일세의 귀재 이상은 그 통생(通生)의 대작 「종생기」 한 편을 남기고 서력 기원 후 1937년 정축 3월 3일 미시 여기 백일 아래서 그 파란만장(?)의 생애를 끝막고 문득 졸하다. 향년 만 25세와 11개월. 오호라! 상심 크다. 허탈이야 잔존하는 또 하나의 이상(李箱) 구천(九天)을 우러러 호곡하고 이 한산(寒山) 일편석(一片石)을 세우노라.[94]

1937년 2월 12일 일본 경찰은 길거리를 기웃거리는 이상을 불온선인으로 체포했다. 3월 16일까지 34일간 신전경찰서 감방에 수감되었다. 저항 한 번 해본 적 없는 무국적 예술가, 서구적 모더니스트, 예술 코스모폴리탄, 이상은 어이없는 사상범으로 투옥되었다.

병세가 급속히 악화되자 보석금도 없이 행려사망자로 출감되었다. 4월 17일 도쿄제국대학 부속병원에서 객사, 향년 만 26년 7개월에 파란만장한 생의 마침표를 찍었다. 김소운은 바쁘게 뛰어다니며 끝까지 이상의 병석을 지켰다. 담당 의사는 혀를 차면서 '어쩌면 젊은 사람을 이렇게까지 되도록 버려두었을까. 폐가 형체도 없으니……' 이렇게 말했

---

94 『이상전집 1』, 343쪽.

다는 것이다.

16일 낮엔 그의 아버지 김연창이 세상을 떴고 병석에 있던 할머니도 세상을 떴다. 이상과 자살 모의했던 김유정 역시 20일 먼저 3월 29일 짧은 생을 마감했다.

2월 12일 검거, 3월 16일 입원, 4월 17일 새벽 4시 사망. 4월 16일 밤 그의 아내 변동림은 어머니 세창이 밤을 밝혀 눈물로 지은 수의 한복을 이상에게 갈아 입혀주었다.

김소운의 「異狀 李箱」에서 이상의 회고를 다음과 같이 말했다.

> 6, 7인이나 낯모를 사람들이 둘러앉은 곁에서 화가 길진섭이 석고로 상의 데드마스크를 뜨고 있다. 굳은 뒤에 석고를 벗겼더니 얼굴에 바른 기름이 모자랐던지 깎은 지 4, 5일 지난 양쪽 뺨 수염이 석고에 묻어서 여남은 개나 뽑혀 나왔다. 그제야 '정녕 이상이 죽었구나……' 하는 생각이 들었다.
>
> 입원료를 청산하기 전에는 사망진단서가 나오지 않고, 장사도 못 지낸다고 한다. 또 한번 나는 사무실 계약을 단념할 수밖에 없었다. 주머니에 준비했던 보증금이 이상의 '전주노릇'에 쓰였다.
>
> 사망진단서에 적힌 사인은 폐결핵이 아니고 '결핵성 뇌매독'이었다. 화장터에서 돌아온 상의 유골은 상의 미망인(차돌 여사와 헤어진 뒤, 상과 같이 된 변군의 누이, 현 S 화백 부인)과 같이 내 아파트에서 첫 밤을 새웠다.[95]

아내가 이상에게 무엇이 먹고 싶냐고 했더니 셈비끼야의 메론이라고 대답했다. 메론을 대접했지만 상은 끝내 메론을 받아넘기지 못했다고 한다.

---

95 김우중 외 엮음, 앞의 책, 77쪽.

5. 나가며

날개야 다시 돋아라.
날자.날자.날자.한 번만 더 날자꾸나.
한 번만 더 날아 보자꾸나.

—「날개」 끝 구절

이상은 어디로 날아가고 싶었을까. 종착지, 결국 비속 그것과 같은 물건, 치사스러운 동경으로 날아가고 싶었던 것이었을까? 알 수 없는 것이 운명이다. 이상은 그의 소설에서 묘지명까지 써놓고 죽었다. 실천이라도 하듯 운명은 자신도 모르게 착착 진행되어 가고 있었다. 이상은 낯선 땅 동경에서 이상한 몰골 때문에 잡혀 들어갔다.

가난이 무엇이길래, 혈통이 무엇이길래 태어나면서부터 친부와 헤어지면서 살아야 했던 이상. 금홍, 권순옥, 변동림을 사랑했어도 자신을 한 번도 사랑하지 못했던 이상. 서울로 가고 싶었지만 가지 못하고 낯선 동경에서 죽어야만 했던 이상. 그가 쓴 묘지명의 예언이 불과 한 달 밖에 틀리지 않고 들어맞을 줄이야.

박태원의 말처럼 그의 죽음은 병사에 이름만 빌렸을 뿐 일종의 자살일지 모른다고 말했다. 맞다. 자신의 건강 상태를 자신만큼 잘 아는 사람은 없다. 그는 자신의 건강을 방기하면서까지 자신이 자신을 자살로 몰아갔다.

이상은 서울의 흙을 밟아보고 싶어 했다. 5월에 돌아온 유해는 미아리 공동묘지에 묻혔으나 지금은 자취가 없다. 천재는 일찍 죽는다는 것을 실제로 증명하고 싶었던 것일까. 그는 세상과 격리된 채 언제나 차디찬 낯선 거울 속에서 살았다. 거울 속의 이상을 어느 누구도 근심하고 어느 누구도 진찰할 수 없었으니 이상은 얼마나 세상을 섭섭해했을 것인가.

거울속에는소리가없소
저렇게까지조용한세상은참없을것이오.

거울속에도내게귀가있소
내말을못알아듣는딱한귀가두개나있소.

거울속의나는왼손잡이오.
내악수를받을줄모르는―악수를모르는왼손잡이오.

거울때문에나는거울속의나를만져보지를못하는구려만
거울아니었던들내가어찌거울속의나를만나보기만이라도했겠소.

나는지금거울을안가졌소만거울속에는늘거울속의내가있소.
잘은모르지만외로된사업에골몰할게요.

거울속의나는참나와는반대요만
또꽤닮았소.
나는거울속의나를근심하고진찰할수없으니퍽섭섭하오.
―「거울」 전문

1936년 8월 그의 누이 옥희는 B라는 남자와 만주로 도피했다. 도덕적 가중과 생계비 부담 등 그의 의식과 건강은 절망적이었다. 가중된 가정사도 이상을 죽음으로 몰고 간 원인 중의 하나가 되었을 것이다.
이상의 서간 「여동생 김옥희에게」 일절은 당시의 상황을 짐작할 수 있는 대목이다.

이왕 나갔다. 나갔으니 집의 일에 연연하지 말고 너희들의 부끄럽지 않은 성공을 향하여 전심을 써라. 3년 아니라 10년이라도 좋다. 패잔한 꼴이거든 그 벌판에서 개밥이 되더라도 다시 고토를 밟을 생각을 마라……

신당리 버터고개 밑 오동나뭇골 빈민굴에는 다 되신 할머님과 자유로 기동도 못하시는 아버지와 50평생을 고생으로 늙어 쭈그러진 어머니가 계시다.

네 전보를 보시고 우시었다. 너는 날이면 날마다 그 먼 길을 문(門) 안으로 내게 왔다. 와서 그날 양식거리를 타갔다. 이제 누가 다니겠니.……

하여간 이번 너의 일 때문에 내가 깨달은 바 많다. 나도 정신 차리마.[96]

---

96 『이상전집 2』, 위의 책, 355~356쪽.

제10장 날개야 다시 돋아라, 이상

제11장 파도야 어쩌란 말이냐, 청마

시조시인 이영도는 청마가 발령을 받았던 이듬해 1946년 10월 15일자로 교사 발령을 받았다. 청마 나이 39세, 이영도는 30세였다. 여기에서 그들은 만났다. 이호우 시조시인의 누이동생, 이영도는 1935년 박기주와 결혼했으나 1945년 사별했다.

청마는 1949년 『청령일기』를 상재했다. 여기에는 「청령가」 부제는 '정향에게' [97], 「심산」, 「그리움」 등 67편이 실려 있다.

아득한 아득한 배태(胚胎)에서 기다린 광명이더니라
오래 오래 기약한 해후이더니라

일월이여 산악이여 창궁(蒼穹)
수수(須叟)한 목숨의
너희와 더불은 이 거룩한 향연의 자리를

---

97 박옥금, 『내가 아는 이영도 그 달빛같은』(문학과 청년, 2001), 164쪽. 이영도는 1952년 7월 초순까지 정향이라는 호를 사용하고 중순 경에 와서는 정운으로 개호하였다.

『청령일기』 표지 ————

내 어찌 다 노래하며 목 놓아 울음
우랴

들로 가면 들의 자태
물로 가면 물의 자태
흐르는 구름 빛나는 잎새의
애정일네라 애정일네라
어디에도 어느 뉘게도 드릴 길 없는
고스란히 속절없을 나의 애정일네라

아득히 아득히 기다리던
하늘 같이 안타까운 목숨이여
무덤가에 날아 뜰 잠자리여 애석이여
—「청령가」 전문

청령은 잠자리를 말한다. 잠자리를 임으로 이입시켜 노래했다. 하늘
을 비행하는 잠자리의 모습은 아름답다. 무덤가에 날아 뜰 잠자리, 하늘
같이 안타까운 목숨이라 했다. 뉘에게도 드릴 길 없는 속절없을 애정이
라고 했다. 시집 표지에도 잠자리가 그려져 있다. 『청령일기』는 영도에
대한 그리움 전부였다.

파도야 어쩌란 말이냐
파도야 어쩌란 말이냐
임은 뭍 같이 까딱 않는데
파도야 어쩌란 말이냐
날 어쩌란 말이냐

—「그리움」 전문

연모지정

자꾸만 채찍질해가는 그리움의 열정을 어찌하란 말인가. 임은 뭍같이 까딱도 하지 않는데 나, 파도야 어쩌란 말이냐. 청마의 정운에 대한 사랑의 열기가 어떤지 짐작할 수 있다. 임에 대한 일방적인 고백, 하소연하듯 독백이 안쓰러우면서도 거룩하기까지 하다.

『사랑하였으므로 행복하였네라』를 엮은 최계락의 머리말에는 '정운에게 쓴 청마의 편지는 5천 통이나 되지만 1946~1950년까지의 것은 한국전쟁 때 불태워 없애 버렸'고 말하고 있다. 전란으로 피난하지 못한 정운의 신변을 염려하여 그 편지들을 불태워버릴 것을 당부했다는 것이다.[98]

20여 년간 5천여 통의 편지를 썼다니 20년이면 7365일, 1.6일에 한 통씩 썼다는 계산이 나온다. 이 뜨거운 열정과 광적인 사랑은 어디에서 나온 것일까. 식을 줄 모르는 정운에 대한 그리움의 시편과 5천여 통의 편지는 그것만으로도 생의 갈망[99]이나 보편적인 사색[100]을 넘어서는 남녀 간의 진정한 사랑이 아닐까.

다음은 안의중학교 교장 재직시절(1952.11.10~1954.10.5)에 쓴 것으로 보이는 정운에게 쓴 청마의 편지이다.

그리운 당신!
오늘 이같이 나의 목숨을 송두리채 붙들고 뒤흔드는 당신은—대체 뭐란 말입니까. 이렇게도 나의 전체를 가만히 있게 못하는 당신은—.오늘도 자욱한 운하는 하늘과 산과 들을 근심스럽게 가리고 드센 바람만 수목들을 뒤흔

---

98 문덕수, 『청마유치환평전』(시문학사, 2004), 168쪽.
99 오세영, 『유치환』(건국대학교 출판부, 2000), 47쪽.
100 문덕수, 앞의 책, 171쪽.

드는데 나는 나대로 지향 없는 생각에 지쳐 오늘쯤은 하는 막연한 당신의 소식을 기다리며 해를 보냈습니다. 그저 할 일 없이— 아니 이 생각을 떨고자 들을 거닐어도 보고 집으로 돌아와 나무를 빠개어 보기도 하고 누워도 보곤 했습니다.

해가 지고 등을 밝혀 책상에 앉으니 겨우 마음이 갈앉아 시고를 뒤져보았습니다.

문득 또 당신이 앓고 있지나 않은가 하는 생각이 들고 한 번 이 생각이 드니 정말로 앓고 누워 있을 것만 같은 두려움이 점점 깊어지는 것이었습니다.

운! 나의 운! 불과 3백 기십리가 이렇게 아득한 것입니까?

5월 13일 당신의 마

이영도에게 향한 청마의 그리움이 어떤지 편지글 하나만으로도 충분히 짐작할 수 있다.

청마는 1958년 문학지망생 반희정과도 1963년까지 서신 교환을 했다. 그녀는 "청마 선생이 나에게 주신 글월들은 결코 어떤 개인적인 사연이 아니고 그대로 그분 자신의 언어였으며, 그분 자신의 시의 세계"라고 했다. 청마는 경주고등학교 재직 시 당시 시를 배우려는 문학지망생 박명자, 김정숙 두 시인과도 서신 연락이 있었다고 한다.

청마가 이영도에게 보낸 편지는 주로 우체국에서 썼다. 청마는 우체국 저쪽 2층 정운의 수예점 창문에서 어른거리는 정운의 모습을 바라보며 서성거렸다. 그 서성거렸던 통영우체국에는 1953년 문예지에 발표했던 「행복」의 시비가 세워져 있다.

— 사랑하는 것은
사랑을 받느니보다 행복하나니라

오늘도 나는
에메랄드빛 하늘이 환히 내다뵈는
우체국 창문 앞에 와서 너에게 편지를 쓴다

행길을 향한 문으로 숱한 사람들이
제각기 한 가지씩 생각에 족한 얼굴로 와선
총총히 우표를 사고 전보지를 받고
먼 고향으로 또는 그리운 사람께로
슬프고 즐겁고 다정한 사연들을 보내나니

세상의 고달픈 바람결에 시달리고 나부끼어
더욱 더 의지 삼고 피어 헝클어진 인정의 꽃밭에서
너와 나의 애틋한 연분도
한 망울 연연한 진홍빛 양귀비꽃인지도 모른다

— 사랑하는 것은

사랑을 받느니보다 행복하나니라
오늘도 나는 너에게 편지를 쓰나니

― 그리운 이여 그러면 안녕
설령 이것이 이 세상 마지막 인사가 될지라도
사랑하였으므로 나는 진정 행복하였네라

1953년에 『문예』지에 발표된 「행복」이다.

청마의 사랑을 이 시 하나로 다 말한 것은 아닐까? 얼마나 이 시 한편
이 사랑하는 많은 연인들을 울렸을 것인가. 청마의 「청령가」, 「그리움」,
「행복」으로 이어지는 이영도에 대한 사랑의 시편과 그리움의 편지는 안
타깝고 애절하다. 청마의 마음을 정운인들 왜 몰랐을 것인가.

정운은 1945년 12월 『죽순』지에 「제야」를 발표하면서 문단에 나왔다.
그녀는 1946년 통영공립고등여학교에서 청마와 같이 근무했다. 청마의
정운에 대한 사랑은 이때부터였다. 처음엔 청마의 정운에 대한 사랑이
일방적이었던 것으로 보이지만 정운도 진정 청마를 사랑하게 된다. 정
운의 수필, 시에는 청마를 사랑한다는 말은 한 구절도 없다. 청마로 보
이는 흔적만이 수필 「유성」에 남아있을 뿐이다. 지난날을 회상하면서
쓴 정운의 수필이다.

일찍이 나는 사랑하는 이와 더불어 흐르는 별똥을 향해 아픈 기원을 나누
어 왔다.
우리들의 목숨이 같은 날 같은 시각에 죽어서 멀고도 창창한 영겁의 길을
동반할 수 있기를 빌었던 것이다.
그러나 뜻하지 않는 죽음으로 하여 본의 아닌 배신을 그는 저질렀고, 남은
나는 함께 우러르던 그날의 성좌를 버릇처럼 우러러 섰다.

이제 나는 유성을 두고 어떠한 원력을 세울 것인가.[101]

우회적인 표현이지만 청마에 대한 정운의 사랑이 어떠했는지 짐작할 수 있는 대목이다. 말은 없었지만 청마의 정운에 대한 사랑보다 더 애틋했을지도 모른다.

> 밤마다 긴 세월을 뜬 눈으로 밝히더니
> 아득한 꿈길처럼 기약 없는 그리움에
> 구만리 창창한 속을 뿌리치고 내린다.

1954년 첫 시조집 『청저집』에 나온 시조이다. 1976년 유작집 『나의 그리움은 오직 푸르고 깊은 것』에서 「유성」의 수필 뒷부분에 이 시조 「유성」이 인용되었다. 청마에 대한 정운의 사랑을 유추해볼 수 있는 작품이다. 1950년대는 주위의 눈 때문에 내놓고 표현할 수가 없었을 때이다.

청마의 일화 한 토막을 소개한다.

청마는 1958년 어느 가을날 제자와 술자리를 함께 한 적이 있다. 그 술자리에서 한 학생이 교장 선생님께 당돌하게 질문을 했다.

> "선생님 사랑이 무엇입니까?"
> 마침내 학생이 핵심의 문제를 던졌다.

> 침묵이 흘렀고
> 흐르는 침묵 속에
> 술잔 흐르는 소리가 지루했다.

> 목 타는 학생의 귀공에

---

101 박옥금, 앞의 책, 309쪽.

청마의 한 마디 대꾸가 번개처럼 흘러들었다.

"사랑이란 어처구니 없는 것"[102]

청마가 특히 자주 출입한 술집은 '오륙구', '감나무집', '똥걸레집'이 었다. '오륙구'는 그 수동식 전화번호가 '569'여서 불린 옥호였다. 주인 인 옥란이라는 여인은 기생으로 용모가 단정하고 의젓한 중년 여인이었 다. 그곳은 여러 가지 전통 악기도 있는 고급 술집이었는데 청마는 외지 에서 온 손님이였지만 오면 허물없이 이 집을 찾았다. 청마가 술값을 계 산하는 방법은 특이했다. 얼마냐고 묻지도 않은 채 그냥 눈짓을 하면 손 만 들어보이는 것이었고, 그러다가 호주머니에 돈이 있는 날에는 '돈 다 발'을 세지 않고 그냥 손에 잡히는 대로 안방 쪽으로 던져 버리고 나가 는 것이었다.[103]

1967년 청마가 교통사고로 급거했다. 사랑하는 사람이 죽으면 이보다 도 큰 상처가 없다. 정운은 여기서 인생의 굽을 튼다.

1967년 청마가 정운에게 보낸 편지 서간집 『사랑하였으므로 행복하였 네라』가 발간되었다. 이 일로 정운은 유족과 마찰을 빚게 되었다. 인세 를 현대시학사에 넘겨졌다가 1969년 정운문학상을 제정하기에 이르렀 다. 정운은 청마와의 열애로 온 이목이 집중되자 10여 년간 애정을 쏟아 왔던 애일당을 떠나 서울로 이사했다. 같은 해 오빠 이호우의 급서로 이 영도는 또 한 차례 큰 충격을 받았다.

처음에는 청마와의 사랑을 지상에 공개하지 않으려고 했다고 한다.

---

102 김해석, 「청마 선생」, 『청마문학』(제3집, 2003), 68쪽. 문덕수, 앞의 책, 223쪽 주에 서 재인용.

103 문덕수, 앞의 책, 225쪽.

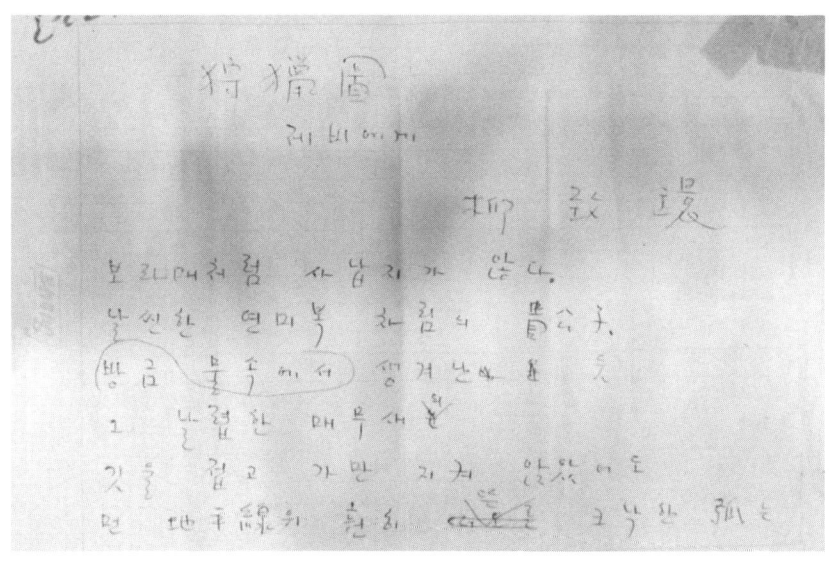

──────── 유치환의 친필

그러나 『주간 한국』이 정운과 청마와의 편지 얘기를 쓰자 다른 여성지
들이 몇 편의 편지라도 잡지에 공개해줄 것을 줄기차게 요청해왔다. 이
영도는 거절했다. 여성지들은 청마와의 사랑의 편지들을 싣기 시작했
다. 이영도가 아닌 다른 여성들이 청마에게서 나도 편지를 받았다고 잡
지사에 전화를 걸어왔다. 정운은 청마와 자신의 명예를 위해서라도, 청
마와의 사랑을 위해서도 막아야 한다는 절체절명의 위기위식을 느꼈다.
청마가 바람을 피운 것은 사실이지만 청마의 사랑을 욕되게 할 수는 없
었다. 그래서 공개를 결심했다. 이렇게 해서 서간집 『사랑하였으므로 행
복하였네라』가 탄생하게 되었다.[104]

---

104 박옥금으로 보내온 2001년 9월 25일 이근배의 '이영도와 나'의 서간을 요약한 것이
   다. 박옥금, 앞의 책, 347~352쪽 참조.

생각을 멀리하면
잊을 수도 있다는데

고된 살음에
잊었는가 하다가도

가다가
월컥한 가슴
밀고 드는 그리움

—「그리움」 전문

    생각을 멀리하면 잊을 수도 있다는데 고된 삶에 잊었는가 하다가도 월컥 그리움은 밀려온다는 것이다. 생각을 멀리 할 수는 있지만 밀려오는 그리움은 어쩔 수 없다. 사랑하지 않았더라면 이런 작품을 쓸 수 있을까. 청마에 대한 그리움이 어느 정도였는지 짐작할 수 있다.

    청마 사후에 지어진 것으로 보이는 「탑」은 슬픔의 도가 지나쳐 애절하기까지 하다. 슬픔이 극에 달하면 이러한 시조가 쓰여지는 것인지. 그리움과 슬픔의 절창이다.

너는 저마치 가고
나는 여기 섰는데……

손 한 번 흔들지 못한 채
돌아선 하늘과 땅

애모는
사리로 맺혀

푸른 돌로 굳어라

　　　　　　　　　　　　　　　　　　—「탑」 전문

　　유치환은 죽어서 바위가 되리라고 했다. 청마의 죽음은 정운에게는 애모가 되어 사리로 맺혔다. 그리고 돌로 굳었다. 청마는 저만치 가고 정운은 여기 섰는데 손 한 번 흔들지 못하고 하늘과 땅은 돌아서고 말았다. 그리움은 사리로 맺히고 사리는 푸른 돌로 굳어버렸다.

　　임을 기다리다 죽으면 바위가 된다. 이것이 망부석이다. 더는 택할 수 없을 때 원은 돌로 굳는다. 돌이 되어 영원까지 기다리겠다는 것이다. 이것이 우리 민족의 한과 정서이다. 박제상의 부인이 그랬고 「정읍사」의 부인이 그랬다.

　　유성을 바라보며 한날 한시 영겁의 길을 가자 하고 빌었던 정운은 청마가 별안간 급거했으니 아픔이야 오죽했겠는가. 먼저 간 사람을 배신자라고까지 말한 체념 또한 안쓰럽다.

　　그리움과 정한의 세계를 살아간 정운. 정운은 시조에 살다 시조로 갔다. 그리고 청마를 사랑하다 청마처럼 갔다. 사람은 사랑으로 왔다 사랑으로 간다. 사랑한다는 것은 어쩌면 배신일지 모른다. 타의건 자의건 서로가 먼저 이별할 수밖에 없다. 배신할 수밖에 없는 것이 사랑이다. 청마의 정운에 대한, 정운의 청마에 대한 애절하고 애틋한 사랑. 지금도 우리들의 가슴을 울리고 있다.

　　1976년 8월 발행된 이영도 유고시집 『언약』에서 노산 이은상의 서문 일부를 발췌한다.

　　사향노루가 지나간 뒤에는 발자국 닿은 풀끝마다 향기가 끼치듯이, 그는 어디론지 가버렸건만, 향내 머금은 작품들이 남아 우리 가슴에 풍기고 있다.

길이 갈 것이다.

『언약』은 정운의 시조집이다. 정운은 서문을 노산 이은상에게 부탁했다. 그리고는 다음날 청마 곁으로 떠났다. 안타깝다는 말 외에 무슨 수사가 필요하겠는가. 인연이 있다면 저승에서나 다시 만나 못 다한 연을 풀리라.

> 파슬파슬 불꽃이 어디고 옮아 타듯이
> 지금 저 하루살이 꽃망울 위에 붙어타는 것이여
> 싸늘한 재만을 남기고는 불꽃이 온데 간데 없어지듯
> 그날 나의 덩치만 두고 내게서 가버릴 것이여

청마 무덤 앞 묘석에 새긴 시 「목숨」이다. 그렇게 갔다. 사랑하는 사람이 죽으면 사랑했던 사람에게 화살로 꽂혀오는 법이다.

그토록 많은 독자들이 애송했던 「그리움」, 「깃발」, 「행복」의 시인은 갔다. 따뜻하고 벅찬 가슴을 가졌던 청마, 그 많은 사랑을 베풀었던 청마였다. 그러면서도 잘못된 정치·사회에 대해 비수 같은 칼날을 서슴지 않았던 청마였다.

통영의 남방산 중턱에 청마의 시비에 「깃발」이 있다. 시비가 깃발 같이 생겼다. 펜글씨처럼 자연스럽게 오른쪽에서 왼쪽으로 세로로 쓰여져 있다. 오른쪽에 대를 꽂으면 투박하지만 바람에 나부낄 것만 같다.

> 이것은 소리없는 아우성
> 저 푸른 해원을 향하여 흔드는
> 영원한 노스탤지어의 손수건
> 순정은 물결같이 바람에 나부끼고

오로지 맑고 곧은 이념의 푯대 끝에
애수는 백로처럼 날개를 펴다.
아! 누구였던가
이렇게 슬프고도 애달픈 마음을
맨 처음 공중에 달 줄을 안 그는.

부산의 금강공원 입구에는 이영도 시
비가 있다. 「단란」, 「석류」, 「모란」 시조 3
수가 대리석에 나란히 새겨져 있다. 외로
움과 그리움의 시편들이다.

다스려도 다스려도 못 여밀 가슴 속을
알알 익은 고독 기어이 터지는 추청

여미어 도사릴수록 그리움은 아득하고
가슴 열면 고여 닿는 겹겹이 먼 하늘

—————— 이영도 시비
부산시 동래구 온천동 산 131 소재
금강공원 내

전자는 「석류」, 후자는 「모란」의 초·중장이다. 이영도의 성정이 잘
나타나 있다. 안으로 다스리려니 그 많은 고독을 어찌 풀어내고 얼마나
많은 침묵을 강요당해야 했을까.

제12장 김소월, 김영랑, 이육사, 신석초, 서정주, 박목월, 윤동주, 한하운, 박인환

1. 못 잊어 생각이 나겠지요, 김소월

남산학교 시절 소월은 한 여선생을 사모했다. 그런데 그녀가 직업여성이었다는 이유로 학교에서 쫓겨났다. 소월은 이성에 대한 실망감을 처음으로 맛보았다. 훗날 그 여선생은 소월의 소설 「함박눈」의 소재가 되었다.

그러나 실제로 교제를 한 이성은 동네 처녀 오순이였다.

소월과 같은 반이었던 오순이는 소월과 친했다. 그들은 옥녀봉 냉천 터에서 자주 만나곤 했다. 함께 바위에 올라가 피리를 불거나 노래를 부르기도 하고 멀리 입포면 해변가를 산책하기도 했다. 오순이는 노래를 잘 불렀다. 이때 「님의 노래」, 「풀따기」 등을 썼다.

> 그리운 우리 님의 맑은 노래는
> 언제나 제 가슴에 젖어있어요

긴 날을 문밖에서 서서 들어도
그리운 우리 님의 고운 노래는
해지고 저물도록 귀에 들려요
밤들고 잠들도록 귀에 들려요

고이도 흔들리는 노랫가락에
내 잠은 그만이나 깊이 들어요
고적한 잠자리에 홀로 누워도
내 잠은 포스근히 깊이 들어요

그러나 자다 깨면 님의 노래는
하나도 남김없이 잃어버려요
들으면 듣는 대로 님의 노래는
하나도 남김없이 잊고 말아요

— 「님의 노래」 전문

　어린 시절 오순이와의 사랑은 순수했다. 그러나 조부의 강제 결혼으로 그 애틋한 첫사랑을 가슴 속에 간직해야만 했다. 오순이와의 가슴 아픈 이별은 「못잊어」, 「그리움」, 「꿈자리」 같은 사랑의 시편을 낳았다.

못 잊어 생각이 나겠지요.
그런대로 한 세상을 지내시구려
사노라면 잊힐 날이 있으리다

못 잊어 생각이 나겠지요
그런대로 세월만 가라시구려
못 잊어도 더러는 잊히오리다

그러나 또 한긋 이렇지요
그리워 살뜰히 못 잊는데
어쩌면 생각이 떠지나요?

— 「못잊어」 전문

　사노라면 잊을 날이 있으리라고 생각하지만 사랑은 쉽게 잊을 수 없다. 사랑은 생각나지는 것이지 잊으려 해도 잊혀지는 것이 아니다.
　1925년 소월의 명시집 『진달래꽃』이 매문사에서 출간되었다. 이 「진달래꽃」은 오산학교 시절에 쓴 것으로 1925년 『개벽』지에 실렸다.
　「진달래꽃」은 오순이와의 사랑 이야기가 바탕이 되었다. 형에게 들은 이야기라며 훗날 소월의 동생이 사실을 밝혔다.[105] 이 시는 오순이가 1926년에 죽기 이전에 썼던 작품이다. 이 시는 실제로 일어났던 상황이 아니라 가정으로 미래의 상황이 전개되는 것으로 되어 있다. 이별의 상황을 가상하여 부른 노래이다. 오순이는 1926년 세상을 떠났다. 무슨 예감이라도 있었던 것이었을까.
　현재 『진달래꽃』의 초간본 2종 4점이 문화재로 지정되어 있다.

나보기가 역겨워
가실 때에는
말없이 고이 보내드리오리다

영변에 약산
진달래꽃
아름따다 가실 길에 뿌리오리다

---

105 심재방 엮음, 『시인, 그들만의 아름다운 이야기』(선, 2007), 25쪽.

183

제12장 김소월, 김영랑, 이육사, 신석초, 서정주, 박목월, 윤동주, 한하운, 박인환

가시는 걸음걸음
놓인 그 꽃을
사뿐히 즈려밟고 가시옵소서

나 보기가 역겨워
가실 때에는
죽어도 아니 눈물 흘리오리다

—「진달래꽃」 전문

소월은 영변에서 한 달 가까이 체류한 적이 있었다. 이때 채란이란 기생을 알게 되었다. 채란은 어릴 때 정신병을 앓았던 아버지가 집을 나가 편모슬하에서 자랐다. 열세 살이 되었을 때 어머니는 개가할 밑천을 마련하려고 자식을 전라도 행상에게 팔아 버렸다.

채란은 진주 권번에서 정식 가무를 익힌 기녀가 아닌 손님을 따라 떠도는 들병이었을 것으로 짐작된다. 열세 살 때 전라도 행상에게 팔려 팔도를 떠돌아 다녔다. 뿌리 없는 몸으로 이리저리 팔려 다니다 춤과 노래를 익혔을 것으로 짐작된다.

어린 나이에 고향을 떠나 홍콩, 중국 등지를 떠돌다 조선에 돌아와 고향과 천리나 떨어진 영변 땅에 도착한 채란은 고향 생각에 잠을 이룰 수가 없었다. 멀리 남쪽 고향 진주땅을 바라보며 처연하게 노래를 불렀다.

첫날에 길동무
만나기 쉬운가
가다가 만나서
길동무 되지요

날글다 말아라

가장님만 님이랴
오다 가다 만나도
정붓들면 님이지

화문석 돗자리
놋촛대 그늘엔
칠십년 고락을
다짐둔 팔베개

드나는 곁방의
미닫이 소리라
우리는 하룻밤
빌어얻은 팔베개

조선의 강산아
네가 그리 좁더냐
삼천리 서도를
끝까지 왔노라

삼천리 서도를
내가 여기 왜 왔나
서포의 사공님
날 실어다 주었소

집 뒷산 솔밭에
버섯 따던 동무야
어느 뉘집 가문에
시집가서 사느냐

영남의 진주는
자라난 내고향

제12장 김소월, 김영랑, 이육사, 신석초, 서정주, 박목월, 윤동주, 한하운, 박인환

부모없는
고향이라우

오늘은 하룻밤
단잠의 팔베개
내일은 상사의
거문고 베개라

첫닭아 꼬꾸요
목놓지 말아라
품 속에 있던 님
길차비 차릴라

두루두루 살펴도
금강 단발령
고갯길도 없는 몸
나는 어찌 하라우

영남의 진주는
자라난 내고향
돌아갈 고향은
우리 님의 팔베개

— 「팔베개 노래」 전문

이때 소월은 담을 사이에 두고 골목길 저편에서 들려오는 슬프고 절절한 노래를 들었다. 그 노래를 채록하여 「팔베개 노래」라는 위와 같은 민요시를 지었다.[106]

---

106 위의 책, 21~24쪽.

2. 모란이 피기까지는, 김영랑

윤식은 고향 강진에 있으면서 향토문학동인회를 조직, 현구, 소원, 부진과 함께 『청구』라는 문학지를 냈다. 본격적인 시작시대에 들어간 것이다. 그는 대부분 모란과 동백숲 우거진 탑동골 집에서 시를 썼다. 탑동골 집은 윤식에게는 창작의 산실이었고 문학동인회는 시의 산파역이 되었다.

주전이의 『시인 영랑 김윤식 전기』 일부이다.

> 어느날 시 한 편을 펼쳐들고 윤식과 현구는 초저녁부터 토론하여 밤이 다 가도록 이김질하며 싸웠다. (…중략…) 결국 토론의 끝자리는 토라지고 만다. 이렇게 토라진 현구는 윤식의 집을 일주일 아니면 열흘이 넘어도 찾지 않았다. 얼마쯤 지나 현구의 화가 풀릴 만한 시기이면 윤식은 현구 집을 찾든지 현구 직장인 강진면사무소 앞에서 기다렸다. 윤식의 모습이 보이면 면사무소 뒷문으로 달아나고 그러다 마주치면 언제 고래고래 소리지르며 싸웠느냐는 듯이 대한다. 그렇게 밤낮을 가리지 않고 토론했던 윤식과 현구는 한국의 먼 미래의 자유 서정시를 연마해낸 시기이며 시의 조형과 시의 기본적 작은 나뭇가지를 잡고 그 음성들의 맥감을 찾아 싸웠는지 모른다.

영랑은 고향 강진에서 주로 살았지만 1년에 반 정도는 서울에서 생활했다. 그는 서울의 신흥 사회주의 문사들와 친교했다. 이승만, 정지용, 이하윤, 함대훈, 박종화, 장용하, 홍사용, 이태준 등이었다.

이때 문우들의 소개로 최승희를 알게 되었다. 최승희는 문학을 좋아했다. 푸시킨, 바이런, 하이네, 이시카와 다쿠보쿠의 시들을 즐겨 읽었고 톨스토이, 투르게네프, 고리키의 작품들도 탐독했다. 결혼설까지 있었던 것으로 보면 서로 간의 따뜻한 교감이 오고갔던 것으로 보인다.

계속해서 주전이의 『시인 영랑 김윤식 전기』 일부이다.

　　그해 가을 홍난파 작곡 발표회에 초대되었던 윤식은 승희와 열애에 빠져
든다. 난파의 발표회가 끝나고 태화관에 몰려든 채동선, 윤식, 지용, 용철,
승만, 승희 등은 술을 나누며 음악 감상 이야기로 밤을 지새웠다.
　"윤식 오빠, 경성으로 올라오세요. 오빠와 경성서 살 수는 없을까요? 우리
　의 사랑과 학문 생활을 위해서요."
　(…중략…)
　이들은 비원을 나와서 발걸음을 남산 샛길로 옮겨진다.
　"윤식 오빠! 다음 2월말 졸업 공연이 있는데 그 때 올라오시겠지요."
　"그럼, 어떤 일이 있든지 간에 공연 축하는 해야지, 난파 발표회 때처럼
　어제 저녁 태화관에 모인 친구들도 초대할까?'
　(…중략…)
　이들의 꿈 같은 사랑과 결혼 약속은 그러나 쉽게 이루어지지 않았다. 12월
초 고향으로 돌아온 윤식은 부모의 반대로 승희와의 결혼을 허락받지 못했
다. 윤식 아버지의 반대와 승희 쪽의 지방색에 다른 문제로 결혼 문제가 좌
절되고 윤식은 스스로 물러나서 이를 단념했으나 승희와의 실연으로 고향집
동백나무에서 자살을 시도했었다는 이야기가 남아있다.

　다음은 「내 마음을 아실 이」이다. 님에 대한 그리움이 절절하다. 주전
이는 윤식의 매제인 김창식과 김순례의 말과 1931년 10월 『시문학』 3호
의 시작시기를 들어 승희와의 실연에서 연유된 것이 아닌가 보고 있다.
애틋하고 허망한 심정을 보면 아마도 그랬을 것이다. 얼마나 쓰리고 안
타까웠으면 이런 시가 나왔을 것인가.

　　내 마음을 아실 이
　　내 혼자 마음 날 같이 아실 이

그래도 어디나 계실 것이면

내 마음에 때때로 어리우는 티끌과
속임없는 눈물의 간곡한 방울방울
푸른 밤 고히 맺는 이슬 같은 보람을
보밴 듯 감추었다 내어 드리지
아! 그립다
내 혼자 마음 날 같이 아실 이
꿈에나 아득히 보이는가

햇맑은 옥돌에 불이 달어
사랑은 타기도 하오련만
불빛에 연긴듯 히미론 마음은
사랑도 모르리 내 혼자 마음은

—「내 마음을 아실 이」전문

정병호의 『춤추는 최승희』의 주변 인물들에서는 다음과 같이 쓰여 있다.

김영랑의 시 「모란이 피기까지는」은 최승희를 사모하는 마음에서 나온 것
이라는 말도 있다. 영랑은 최승희를 좋아해서 최승희가 있는 곳에 잘 나타나
곤 했다.

영랑은 첫 부인과 사별했다. 그리고 승희와의 애틋한 사랑은 뜻을 이
루지 못했다. 무엇이 「모란이 피기까지는」을 쓰게 했는지 알 수는 없다.
애틋한 이가 누구였고 서러운 이가 누구였는지 누군들 밝혀 무엇하겠는
가. 그저 궁금하면 된다.

제12장 김소월, 김영랑, 이육사, 신석초, 서정주, 박목월, 윤동주, 한하운, 박인환

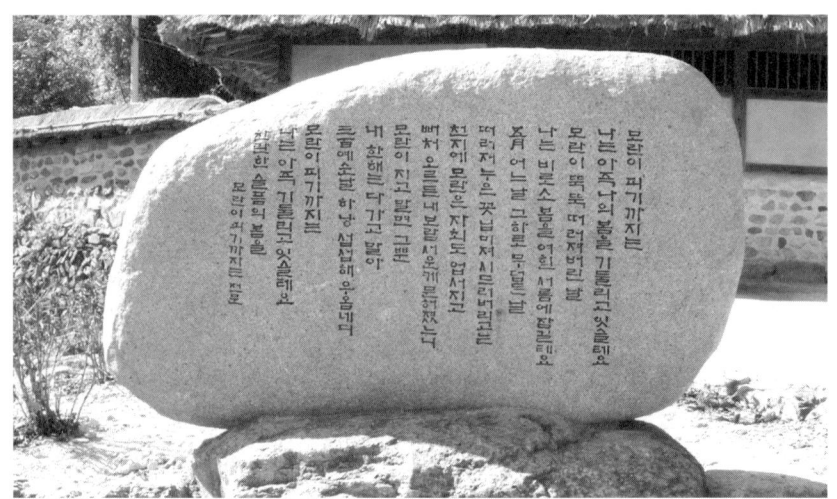

김영랑 생가의 시비 「모란이 피기까지는」 ————
전라남도 기념물 제89호. 전남 강진군 강진읍 남성리 211-1소재

모란이 피기까지는

나는 아직 나의 봄을 기다리고 있을테요

모란이 뚝뚝 떨어져버린 날

나는 비로소 봄을 여읜 설움에 잠길테요

오월 어느날 그 하루 무덥던 날

떨어져 누운 꽃잎마저 시들어버리고는

천지에 모란은 자취도 없어지고

뻗쳐오르던 내 보람 서운케 무너졌느니

모란이 지고 말면 그뿐 내 한해는 다 가고 말아

삼백예순날 하냥 섭섭해 우옵네다

모란이 피기까지는

나는 아직 기다리고 있을테요 찬란한 슬픔의 봄을

— 「모란이 피기까지는」 전문

3. 이름도 모를 꽃밭에 물을 뿌리며, 이육사

육사는 말술을 마시는 호주가로 이름나 있었다. 석초도 그를 가리켜 '대주호'라고 말할 정도였다. 「아편」, 「아미」, 「자야곡」은 한참 밤거리를 쏘다니며 술타령을 할 때 썼던 작품들이라고 석초는 말하고 있다.

—————— 이육사 초상화

이백은 말술을 사양하지 않고 일생을 술로 떠들어댔지만 육사는 조용히 말술을 마시는 시인이었다. 우리는 화사한 바아나 요정에도 들렀고, 물론 아는 기생들도 있었다. 하지만 육사는 여자에게 담담한 주객이었다. 결코 여자에게 친압하지 않는 신사였다. 이런 태도는 모든 여성에 대하여 마찬가지였다. 아마 이것도 구국지사로서의 그가 정신 단련에 필요로 했던 하나의 계율이었던 것 같다. 다만 나는 그에게서 단 한 사람의 비밀한 여성이 있었다는 것을 어렴풋이 짐작하고는 있다. 나는 단 한 번 먼 발치에서 그 여성을 바라본 일이 있다. 그는 그 이상 그 여인의 정체를 밝히려 하지 않았던 것이다. 작품 「반묘」와 「해후」 등은 그 영원한 여인에게 준 꽃다발이다.

너는 무슨 일로 사막의 공주 같아 연지 찍은 붉은 입술을 내 근심에 표백된 돛대에 거느뇨 오—안타까운 신월(新月)

때론 너를 불러 꿈마다 눈 덮인 내 섬 속 투명한 영락(玲珞)으로 세운 집안에 머리 푼 알몸을 황금 항쇄(項鏁) 족쇄로 매어두고

191

귀뺨에 우는 구슬과 사슬 끊는 소리 들으며 나는 이름도 모를 꽃밭에 물을
뿌리며 머—ㄴ 다음 날을 빌었더니

꽃들이 피며 향기에 취한 나는 잠든 틈을 타 너는 온갖 화판을 따서 날개
를 붙이고 그만 어데로 날아 갔더냐

—「해후」5, 6, 7, 8연

육사라고 해서 여인에 대한 감정이 없지는 않았으리라. 다만 석초가
말한 것처럼 구국지사로서 내놓고 사랑할 수 없는 몸이었을 것이다. 「해
후」에 나오는 여인이 누군지는 알 수 없으나 혼자 사랑한 누구에게도 말
할 수 없는 어느 아름다운 여인이었을 것이다. 꿈속 투명한 영락으로 세
운 집에 알몸을 황금, 항쇄, 족쇄로 묶어두었지만 그녀는 끝내 구슬 사
슬을 끊는다. 그 소리를 들었으나 이름 모를 꽃밭에 물을 뿌리며 먼 날
을 위해 소원을 빌었다. 잠든 틈을 타 여인은 꽃잎으로 날개를 붙이고
어디론가 날아가 버렸다.

그런 여인이었을 것이다. 물론 이루어질 수 없는 사랑이었을 것이다.
이육사도 인간으로서 여인을 사랑하고 싶어 했을 것이다. 그것도 비밀
로 해야 했던 자신의 계율과 시대적 상황은 당시 우국지사들에게는 혹
독한 형벌이었으리라. 어느 여인이었는지 궁금하지만 알 길이 없다.[107]

4. 눈부신 수풀 속에서, 신석초

석초는 바라춤으로 명성을 얻었으며 1960년 대한민국예술원 회원에

---

107 신웅순, 『20세기 살아 숨쉬는 우리 문학과의 만남』(푸른사상, 2006), 24~25쪽.
   조용훈, 『신석초 연구』』(역락, 2001), 233쪽.

피선되었고 시집 『바라춤』 출간 후 『현대문학』, 『사상계』 『신문예』 등에 정력적으로 시를 발표했다. 『현대문학』에 김후란, 성춘복을 시인으로 추천했으며 1961년에는 서라벌 예대에 출강하기도 했다.

1960년대 생활이 안정되고부터 문단활동도 활발해지고 작품도 한층 밝아졌다. 4·19 민주화 투쟁을 "밝아오는 아름다운 나라이고 진달래, 개나리가 처음

신석초 시비
「꽃잎 절구」, 충청남도 서천군 한산면 지현리
한산모시관 옆

피어 환한 세상"이라고 「나팔수의 기도」에서 말하고 있다.

이 무렵에 쓴 젊은 여성과의 사랑을 노래한, 사후에 발표할 의향으로 창작된 『비가집』 36편이 있다. 생의 희열과 기쁨을 노래한 것이 대부분이다.

다음은 조용훈의 『신석초』 연구의 일부이다.

이렇게 맑고 순정한 정서를 노래한 작품들은 1961~1963년에 국한되고 있어 흥미롭다. 대체로 1년에 한두 편 창작하던 평소의 작품의 양과 비교할 때 다작은 특기할 만하다. 더군다나 그것이 어느 여성에 대한 애틋한 사랑을 담고 있어서 호기심마저 자극한다.

무지개의 다리 언저리에서
그대는 살고 가녀린 손을
조심스러이 나에게 주고

제12장 김소월, 김영랑, 이육사, 신석초, 서정주, 박목월, 윤동주, 한하운, 박인환

우리는 꿈을 꾸듯
미지의 꽃밭으로 내려갔다.
나비인 양 아주 가벼이
꽃냄의 아쉬움에인 양
말씀은 화사한 꽃수술
나는 머뭇거리는 가지로
그대 구름의 늪을 더듬었다.

우리는 꽃샘이 이는
눈부신 수풀 속에서
저도 모르게 서로
저를 찾고 있었다

그대는 나에게서
나는 그대에게서
각기 서로
저를 발견하는 것이다

사랑이란 발견하고
공감하는 것

꽃샘이 이는
눈부신 수풀 속에서
서로 찾고 몰익
서로 몰닉(沒溺)한다

— 「눈부신 수풀」 부분

물귀신, 물의 요정이여
너의 몸에선 말라르메의 시의
냄새가 난다
복숭아꽃 물 위에

너는 하얗게 벗은 알몸이어라

가 붙들어 안으면 앙탈하리
안아서 저 갈밭으로 가리로다
탐난 한 오후의 목동처럼
감미로운 바람은 꿈꾸듯 흐느끼며
너는 나의 품 안에서 꽃가지로 늘어진다

— 「둔주곡」 부분

강한 욕정을 피력하면서 여성과의 탐미적 사랑을 노래한 것은 이전의 시적 경향과 확연한 차이를 느끼게 한다.

김후란과의 대담에서 밝힌 것처럼 그는 비밀스런 사랑을 주제로 여러 시편들을 창작하고 있었다. 그는 생전에 공개치 않고 사후에 공개할 의향였으나 1974년 공식적으로 조금씩 발표했다.[108]

5. 향단아 그네줄을 밀어라, 서정주

줄포공립보통학교 시절 예쁜 처녀 곽남숙을 만났다. 그녀의 집은 미당 집 뒤로 담장 하나 사이에 있었다. 남숙이는 열여섯 살쯤 되어보이는 오학년이었고 미당은 그보다 나이가 훨씬 아래였다. 미당은 남숙이의 사랑방에서, 심심하면 언덕 넘어 학교에서 놀았다. 그네를 타면서 놀았다.

하얀 옥양목 버선 신으로 사뿐 그네 위에 올려놓은 일, 초점이 선한 눈망울을 번개처럼 보냈던 일, 첫 별처럼 하늘에다 눈빛을 모아두었던 일 등등. 미당은 그네 옆에 서거나 그네를 생각할 때마다 이때의 일이 생각

---

108 조용훈, 앞의 책, 76~78쪽에서 발췌.

제12장 김소월, 김영랑, 이육사, 신석초, 서정주, 박목월, 윤동주, 한하운, 박인환

서정주 친필

났다. 남숙이만 옆에 있으면 벼락이 떨어진다 해도 하늘나라로 간다 해도 무서울 것이 없었다. 남숙이는 그네를 타는 춘향이가 되고 미당은 그네를 미는 향단이가 되곤 했다.[109]

훗날 「추천사(鞦韆詞)」가 이렇게 해서 탄생했다.

> 향단아 그네줄을 밀어라
> 머언 바다로
> 배를 밀어내듯이
> 향단아
> 이 다소곳이 흔들리는 수양버들 나무와
> 벼갯모에 뇌이듯한 풀꽃더미로부터
> 자잘한 나비새끼 꾀꼬리들로부터
> 아조 내어밀 듯이, 향단아
>
> 산호도 섬도 없는 저 하늘로
> 나를 밀어올려다오.
> 채색한 구름같이 나를 밀어올려다오
> 이 울렁이는 가슴을 밀어올려다오!

---

109 서정주, 『미당자서전 1』(민음사, 1994), 137~144쪽에서 발췌 초록.

196
연모지정

서으로 가는 달 같이는
나는 아무래도 갈 수 없다.

바람이 파도를 밀어 올리듯이
그렇게 나를 밀어 올려다오.
향단아.

1983년 시집 『안 잊히는 일들』에서 미당은 다시 한 번 「만 십세」로 남숙이의 시를 쓰고 있다. 무엇이 70살 가까운 미당의 가슴을 이렇게도 흔들어 놓았을까. 미당은 천부적 시인이었다.

우리 뒷집 곽 참봉 따님 남숙이는 열일곱 살인데
토실토실 성글성글 고분고분하여서
열 살짜리 내게는 세상에서 젤 좋았지.
연필로 패랭이꽃 본을 그려 떠놓곤
그 속에 색칠하는 걸 나보고 하라면
몇 꽃잎은 언제나 선 밖으로 튀어나와
그것 한 가지는 미안했지만,
걸대에 맨 그네에 남숙이가 걸터 앉아
나보고 뒤에서 밀어달라 할 때는
너무 좋아 장끼웃음 터트리고 있었지.
그래서 그 뒤에는 그네는 물론
무엇을 여자하고 같이 할 때에거나
타는 것보다는 미는 편이 되었지.

미당이 이성에의 눈을 뜨게 된 것은 열두 살인 삼학년 때 서른네 살의 담임 과부 여선생 '요시무라 아야꼬'를 만나고서였다. 요시무라 선생이 부임한 지 한 달인가 두 달인가 지나서의 일이었다.

제12장 김소월, 김영랑, 이육사, 신석초, 서정주, 박목월, 윤동주, 한하운, 박인환

어느 날 반 아이들과 함께 영전리 제각으로 꽃을 꺾으러 갔다. 마당에 있는 라일락을 꺾고 나서 달음질쳐오다 어느 구렁에 주저앉아 땀을 식히고 있었다. 라일락의 물빛 향기와 요시무라 선생의 키만 한 구렁, 싱그럽고 그윽했다. 요시무라 선생을 생각할 때는 그때 라일락 꽃빛과 향기 가득한 그 구렁을 생각했다. 미당은 그 여선생을 연모했다. 1960년 현대문학 3월호에 발표한 「내 영원은」은 그 여선생님이 모델이 되었다.

내 영원은
물빛
라일락의 빛과 향의 길이로라.

가다 가단
후미진 굴헝이 있어
소학교 때 내 여선생님의
키만큼한 굴헝이 있어,
이쁜 여선생님의 키만큼한 굴헝이 있어,

내려가선 혼자 호젓이 앉아
이마에 솟은 땀도 들이는
물빛
라일락의
빛과 향의 길이로라
내 영원은

반달이 역력한 타원형의 맑은 손톱, 알토의 좀 느리고 부드러운 음성, 유난히 희고 메마르지 않은 조금 큰 키, 재빠르게 구르지 않던 맑고 굵은 눈, 유체스레 선명하던 오똑한 코, 분홍빛이 햇빛에 비치던 두 귀, 욕심 적어보이던 비교적 작은 입 등이 선생님의 흔적이다. 어느 날 그와 눈을 맞추고부터 요시무라 선생을 중심으로 사는 일이 미당에겐 꿈만 같았다.

"참 기막히게 꿈 같은 글도 다 봤어……"

아이들한테 읽어주면서 요시무라 선생님으로부터 칭찬을 받았다.

글 제목이 무엇인지 모르나 아침 안개 속으로 멀리 뻗은 길을 안개를 헤치고 나무장수들이 마른 솔가지를 지고 연달아 나오고 또 그걸 팔곤 빈 지게로 연달아 아득히 사라지는 그런 글이었다.

가을비 내리던 어느 날 미당은 요시무라 선생님 하숙집으로 놀러갔었다.

"애도 남편도 있었더니만…… 이쁜 애도 있었더니만, 나만 내팽개쳐
두고 뿔뿔이 저승으로 떠나버려서……"

남편과 큰 아이는 일찍 죽고 남은 아이 하나 데리고 군산에 와 살았는데 작은 애마저 장티푸스에 걸려 죽었다는 것이다. 미당에게 나를 선생이라 생각 말고 엄마라고 부르라고 했다. 제자이면서 또 아들까지 된 것이다.[110]

소풍에서 돌아오는 어느 날 여선생님이 발병이 나서 걷지 못했다. 선생님은 스무 살 신동근이란 학생의 등에 업혀 갔다. 그 뒷모습을 보며 미당은 여자에 대해 첫 질투를 했다고 한다. 여선생이 일본으로 돌아가던 날 미당은 집에서 혼자 책상에 쓰러져 울었다. 미당의 인생에 가슴 아픈 첫 이별이었다.[111]

110 서정주, 『미당자서전 1』(민음사, 1994), 191~207쪽에서 발췌 초록.
111 서정주, 『미당자서전 2』(민음사, 1994), 46쪽.

제12장 김소월, 김영랑, 이육사, 신석초, 서정주, 박목월, 윤동주, 한하운, 박인환

서정주 생가 ————
전북 고창군 부안면 선운리 578 소재

1936년 함형수, 미당, 김동리, 오장환, 김달진 등과 『시인부락』 동인
지를 냈다. 미당은 또 방황했다. 중앙불교전문학교 1학기는 열심히 다녔
으나 결국엔 졸업장을 받지 못했다. 여기에서 미당은 닿기 어려운 성당,
한 여대생을 사랑하게 된다.

그녀의 하숙집을 찾아가보기도 했으나 한 마디 말도 못했다. 연애편
지도 써보았지만 답장 한 번 받지도 못했다. 그 여자 언저리만 헤매고
다녔다. '나는 당신의 옷고름 하나에도 감당하지 못할 버러지 같은 겁니
다' 이런 연애편지도 그녀에겐 싸늘하기만 했다. 한마디의 대답도 듣지
못했다. 이때 나온 작품이 필자가 가장 좋아하는 「문둥이」라는 작품이
다. 짝사랑은 이렇게 고독하고 아프기 짝이 없다. 미당에겐 정말 가슴
아픈 실연이었다.

얼마나 지독했기에 이런 시까지 썼을까. 그 옛날 문둥이 선고를 받으
면 사랑하는 아내와 자식을 두고 집을 나서야 한다. 하늘이 내린 고칠
수 없는 천형이다. 괴나리봇짐 짊어지고 동가식서가숙하면서 살아가야

한다. 당시엔 소록도 같은 수용소가 없어서 길거리엔 거지 문둥이들이 많았다. 애기의 간을 빼먹으면 낫는다는 속설이 있어 무엇보다도 어린 이들은 문둥이를 만나는 것이 제일 무서웠다. 무시무시한 형벌, 차가운 시선을 그들은 당시 어떻게 견뎌냈을까.

해와 하늘 빛이
문둥이는 서러워

보리밭에 달 뜨면
애기 하나 먹고

꽃처럼 붉은 울음을 밤새 울었다.
— 「문둥이」 전문

몇 해 뒤 미당은 아내와 큰 아이를 데리고 고향집에서 상경하는 길이었다. 열차 안에서 우연히 그 여자를 만났다. 잠깐 인사말을 나누고 헤어졌다. 서울역에 내리자 그녀는 어떤 여인을 시켜 미당에게 전했다.

'모월 모일 개성을 한 번 가보고 싶은데 무엇하시면 동행하시라구요'

미당은 그 자리서 거절했다.[112]

이 여대생과 관련하여 지은 또 다른 작품이 있다. 얼마나 아프고, 아쉽고, 매정했으면 이런 시가 나왔을까 싶다.

실버들 늘어진 네 갈림길에서
이쁜 암여우가 둔갑하여

---

[112] 『미당자서전 2』, 47~49쪽.

제12장 김소월, 김영랑, 이육사, 신석초, 서정주, 박목월, 윤동주, 한하운, 박인환

「아이갸나!」 튀어나오는
아지랑이랄까? 그 허리의 사향주머니랄까?
그때 성황당에 걸어논 비단 헝겊이랄까?
나는 선잠에서 깬 어느 때부턴지
바람 불 때마다 싸아한
여기 말리어 헤매 다니고 있었다.
여러 달밤이 이울 때까지
전신주처럼 서서 울며
또
양말 뒤축이 다 빵구나도록
이 도장(道場) 안을 헤매다니고 있었다.
그리하여
내가 풀려나기 비롯한 것은
내 빵구난 양말의 발꼬린내에
그네가 드디어 못견디어서
양말 안 빵구나는 사내에게로
살짝 그 몸을 돌려버린 그때부터다

—「ㅎ양」 전문

6. 기러기 울어예는, 박목월

박목월의 「이별의 노래」의 주인공에 대해 세간에 떠도는 이야기가 있다. 물론 이 노래는 사랑과 이별의 체험을 바탕으로 쓰여 시이다.

대구로 피난 내려가서 있던 53년 봄. 목월은 교회에서 서울의 명문여대생 h를 만난다. 시인과 시를 좋아하는 문학소녀와의 만남은 여기서 끝나지 않고 다음해 환도와 함께 h가 서울로 올라오면서 자연스럽게 가까워진다. 목월은 h의 태도가 존경을 넘어서 이성의 사랑으로 싹트는 기미가 있자 후배

연모지정

시인에게 h를 잘 설득할 것을 부탁한다.

그 여름이 가고 가을이 올 때 목월은 어디론가 잠적하게 된다. h와 제주에서 함께 살고 있다는 것은 뒤에 알려지고 그 사랑의 도피생활이 넉달째 들어섰을 때 부인 유익순 여사가 제주를 찾아간다. 새로 지은 목월과 h의 겨울 한복과 생활비로 쓸 돈봉투를 들고.

끝내 목월은 h와 헤어지고 서울로 돌아온다. 김성태 곡으로 널리 애창되는 목월의 시 「이별의 노래」는 그 h를 두고 지은 것이다.[113]

목월은 자신의 책 『구름에 달 가듯이』에서 이별의 노래를 짓게 된 동기를 다소 추상적으로 밝히고 있다.

그녀는 오래 전부터 알던 사람이며, 전쟁 중에 우연히 재회했다. 그후 다시 만나기 시작했고, 병실에서 하룻밤을 간호하며 지낸 적도 있으며, 결국 세상을 떠났다고 한다.

『구름에 달 가듯이』의 몇 대목들이다.

물론 오래전 일이다. 다만 내가 젊은 청년시대라는 사실만은 확실하다.

어느 날 오월 오후다. 나의 사무실로 한 여인이 찾아왔다. 내 생애에 결정적인 운명의 발길이 이처럼 우연스럽게 다가오는 것을 나는 미처 깨닫지 못했다. 연한 하늘빛 갑사치마 저고리를 입은 그녀와의 대면을 나는 극히 사무적으로 대했을 뿐이다. 하지만 그녀와의 재회는 더욱 극적이었다. 화약 냄새가 감도는 거리의 모퉁이에서 나는 우연히 그녀를 발견한 것이다. 눈발이 내리고 있었다. 그녀는 놀라움과 기쁨에 넘치는 얼굴로 내게 다가왔다. 갸름한 얼굴에 흰 이빨이 곱게 웃고 있었다.

"살아 계셨군요. 무척 염려했어요."

그녀의 인사였다.

---

113 엄경희, 「시인의 사랑⋯사랑의 시 2」, 『문화저널 21』(2009.8.12).

제12장 김소월, 김영랑, 이육사, 신석초, 서정주, 박목월, 윤동주, 한하운, 박인환

전세는 우리에게 반드시 유리할 것만 같지 않았다. 조그만 사건이 생겼다. 그녀가 중하게 앓고 있다는 소문을 듣게 된 것이다. 하지만 그녀의 거처를 알 길이 없었다. 이듬해 봄이 되었다.

햇빛이 범람하는 아스팔트의 저편에서 한 여인이 걸어오고 있었다 하얗게 소복한 여인은 햇살을 등으로 받으며 불꽃에 싸여 있었다. 그녀였다. 세 번째의 우연한 해후. 운명은 끝내 우리에게 그 신비스러운 눈짓을 보내고 있었다.

그녀는 무척 수척해 보였다.

"박 선생님 하룻밤만 제 병실을 지켜 주시지 않겠어요."

그녀의 병실에는 개나리가 꽂혀 있었다. 갑자기 그녀는 불꽃처럼 명랑하고 생기가 타올랐다.

나는 그녀의 머리맡에서 밤을 밝혔다. 고르고 편안한 그녀의 숨결을 조용히 지키며 밤을 새운 것이다. 새벽은 찬란했다. 하지만 그후로 나는 새벽에 일어나 통곡할 줄은 깨닫지 못했다.

나는 그것이 사랑이라거나 연인이라거나 그런 의식이 없었다. 그 설레이는 암담한 시대에 내 마음을 지탱할 수 있는 유일한 지주요, 그녀의 곁에만 있으면 나의 마음은 바다 같은 편안과 충족감을 느낄 따름이었다. 그러므로 우리는 입 밖에 내어놓고 사랑한다거나 사모한다는 말을 표현한 적이 없었다. 그녀는 나의 전부였지만 인간관계로서는 벗이었다.

가을이 되었다. 우리 앞에 갑자기 이별이 절벽처럼 앞을 가로막았다. 그녀는 멀리 떠나야 했다.

나는 그녀를 마지막으로 방문하게 되었다. 결코 동요하거나 울지 않았다. 엄청난 운명에 직면하면 사람은 누구나 침착해지는 것이다.(눈물은 나머지 날을 채울 수 있는 전부가 아닌가). 나는 그녀의 집 앞에 이르렀다.

이튿날 오후 5시 30분. 갑자기 내 시계가 그 시각에 멎어 버렸다.

기러기 울어예는

하늘 구만리

바람이 서늘 불어

가을은 깊었네.

연모지정

아아 너도 가고 나도 가야지.

한낮이 기울며는
밤이 오듯이
우리의 사랑도
저물었네.
아아 너도 가고, 나도 가야지.

산촌에 눈이 쌓인
어느 날 밤에
촛불을 밝혀두고
홀로 울리라.
아아 너도 가고, 나도 가야지.

이것이 내가 지은 「이별의 노래」다. 물론 산촌에 눈이 쌓인 밤에 촛불을 밝혀두고 홀로 우리라는 따위는 안이하고 달콤한 것이다. 나의 목마른 인생 역정의 이 쓰라린 경험은 나의 인생관을 변하게 하고, '나' 라는 사람을 변하게 하였다. 그것은 홀로 울고 어쩌고의 문제가 아니었다. 나는 하얗게 재가 되어 삭아내리게 되었으며, 사실 나의 슬픔은 이별이 끝난 뒤부터 시작되었다.[114]

이향숙은 "주인공인 '그녀' 는 대구 여성으로 박 시인이 대구금융조합에서 근무할 때 사무실에서 첫 대면했으며 6·25 전쟁시 대구 피난지에서 재회해 3년간 연애를 한 것 같다. 시 「이별의 노래」를 쓰고 그녀가 임종한 시기는 1952년 11월 초순께이다."[115] 라고 말하고 있다.

---

114 박목월, 『구름에 달 가듯이』(삼중당, 1979)에서 발췌.
115 이향숙, 『가곡의 고향』(한국문원, 1998), 62쪽.

제12장 김소월, 김영랑, 이육사, 신석초, 서정주, 박목월, 윤동주, 한하운, 박인환

누구나 다 한두 가지의 자기만의 사랑을 갖고 싶어 한다. 감추고 싶기도 하지만 고백하고 싶은 것도 또한 사람의 마음이다. 목월도 "자기 평생에 가장 소중한 이름 하나를 감출 줄 모르는, 헤프고 어리석은 바보는 없을 것이다. 또한 그것이 귀하면 귀할수록 감추려는 것이 보물을 간수하는 태도이다. 대체 소중한 비밀 한두 가지를 가슴에 간직해두지 않고, 허전해서 어떻게 살 수 있을 것인가"라고 말하고 있다.

비밀스러운 사랑은 이런 것이 아닌가 싶다. 사랑 이야기는 대어놓고 말할 수 있는 성질의 것이 아니라서 얼마쯤은 숨겨져 있다. 본인이 고백한다고 해서 그것은 내밀하고 비밀스러운 것이어서 얼마쯤은 사실 아닌 경우도 많다. 사람들은 그것을 궁금해하고 알고 싶어 한다. 그래서 세간에 떠도는 사랑 이야기가 보태지기도 하고, 덜어지기도 하고 변형되어지는 것이다. 추측, 해석, 오해, 억측들이 뒤섞여지면서 변형되고 시간이 지나면서 그럴듯하게 사실처럼 윤색되어지는 것이 사랑 이야기이다.

7. 즐거운 종달새야, 윤동주

윤동주의 여성관에 대해서는 밝혀진 것이 없다. 그의 시 「별혜는 밤」에서 패, 경, 옥이 나오고, 몇 시편에 나오는 순이, 그리고 1976년 『나라사랑』 23집 윤동주 특집호의 정병욱 교수의 회고담이 전부이다.

1939년 6월 19일자 시 「사랑의 전당」, 1939년 산문시 「소년」, 1941년 「눈오는 지도」 등에서 순이가 나온다. 이루어지 못한 사랑들이다.

「사랑의 전당」에서 '우리의 사랑은 한낱 벙어리였다'. 「소년」에서는 '강물은 흘러 사랑처럼 슬픈 얼굴…아름다운 순이의 얼굴은 어린다. 「눈오는 지도」에서는 '순이가 떠난다는 아침에 말못할 마음으로 함박눈

이 내려, 슬픈
것처럼 창밖엔
아득히 깔린
지도 위에 덮
힌다'. 순이는
떠나는 연인이
며 사랑할 수
없는 여인이며

―――――― 윤동주 생가
중국 지린성 옌볜 조선족자치주 룽징 명동촌 소재

이루어질 수 없는 연인이다.

　다음은 윤동주의 당숙 윤영춘과 정병욱의 증언, 그리고 송우혜의 『윤동
주 평전』 일부이다.

윤영춘의 증언

　동주는 얼굴이 잘생겨서 거리에 나가면 여학생들이 유심히 그의 얼굴을
보기도 하고 여자로부터 말을 건네 받는 경우도 있었다. 하나 수줍은 그는
한번도 여자를 거들떠보지도 않았다.[116]

정병욱의 증언

　북아현동에는 동주형의 아버님 친구로서 전에 교사를 하다가 전직을 하여
실업계에 투신한 지사 한 분이 살고 계셨다. 동주형은 그분을 매우 존경했고
가끔 그분 댁을 찾기도 했었다. 그런데 그분의 따님이 이화여전 문과의 같은
졸업반이었고 줄곧 협성교회와 케이블 목사 부인이 지도하는 바이블 클래스

---

116 송우혜, 『윤동주 평전』(세계사, 2003), 274쪽.

제12장 김소월, 김영랑, 이육사, 신석초, 서정주, 박목월, 윤동주, 한하운, 박인환

에도 같이 참석하고 있었다. 동주 형은 물론 나이 어린 나에게 그 여자에 대한 심정을 토로한 적은 없었다. 그러나 그 여자에 대한 감정이 결코 평범하지 않았다는 것만은 피부로 느낄 수 있었다.[117]

다음은 송우혜의 『윤동주 평전』 일부이다.

윤동주에게는 결혼까지 생각했던 더 구체적인 다른 여성이 있었다. 바로 일본 동경시절의 일이었다. 윤동주의 6살 손아래이며 하나 밖에 없는 누이 동생 윤혜원 씨가 그 일의 전말을 알고 있었다. …… 그 여자는 함북 온성에 있는 박목사의 막내딸로서, 동경에서 막내오빠와 함께 오누이가 자취하면서 성악을 전공하는 중이라고 했다. 오빠가 여럿인데 모두들 공부를 많이 한 인텔리 집안이었다. ……윤동주는 김치를 먹고 싶으면 그 집에 가는데 그 동안 거기 가서 식사를 많이 했다고도 했다. 여자의 이름은 박춘혜. 춘혜의 오빠는 윤동주에게 "내 동생 같은 여자만 있으면 나도 곧 장가가겠다"고 하더라며, 성격도 좋고 사람도 아주 좋은 여자라는 거였다. 그 사진도 그 여자의 오빠가 준 것이라고 했다. 아마도 오빠가 윤동주를 동생의 남편감으로 단단히 점찍었던 인상이었다.

말하는 내용으로 보아 오빠가 그 여자에게 아주 마음을 주고 결혼까지 생각하고 있는 걸 알아챈 윤혜원 씨는 집안 어른들께 그 이야기를 알렸다. 함북 온성이면 용정과도 멀지 않아 서로 뻔한 곳. 거기 박목사 댁이라면 다 알만한 처지였다. 집안 어른들이 그 이야기를 듣고는 동주를 불러 "가문 좋고 참 좋다. 잘 추진해봐라"고 격려하며 기뻐했다. 윤동주는 일본으로 되돌아갈 때에 그 사진을 집에 놔두고 갔다. 그런데 새 학기가 되자 아주 실망스런 편지가 윤혜원 앞으로 왔다.

"그 여자가 이번 여름방학에 집에 갔다가 약혼을 하고 왔더라" 하는 내용이었다. 해방 후 우연히 알게 된 사실인데 그 여자는 법과를 전공한 남자에

---

117 위의 책, 275쪽.

게 시집가서 이북에서 법관의 부인이 되어 있었다.

　이런 숨은 스토리를 듣고 보면 윤동주가 그 문제의 여름방학 이전에 동경에서 강처중에게 보낸 시 가운데 마지막 작품인 「봄」을 새롭게 보게 된다. 「봄」은 윤동주 시 중에서는 파격적이라 할 만큼 화사하고 즐거운 분위기로 충만해 있다. 전기적으로 보아 마무런 별다른 계기도 없이 느닷없이 이렇게 밝은 작품이 튀어나왔다는 사실이 상당히 의아했는데 이 "동경 여학생"의 일화가 그 의문을 풀어주었다.

　봄이 혈관 속에 시내처럼 흘러
　돌, 돌, 시내 가차운 언덕에
　개나리, 진달래, 노오란 배추꽃

　삼동을 참아 온 나는
　풀포기처럼 피어난다

　즐거운 종달새야
　어느 이랑에서나 즐거웁게 솟쳐라

　푸르른 하늘은
　아른아른 높기도 한데……

—「봄」 전문[118]

8. 리라꽃 던지고, 한하운

　1954년 초여름 밤. 하운은 부평의 성계원 근처를 서성거리고 있었다. 다리 아래에 희끄무레한 물체가 보였다. 사람이 쓰러져 있었다. 백설 같

---

118 위의 책, 276~277쪽.

은 탐스러운 목덜미가 불빛에 눈부시게 빛났다.

하운은 아가씨를 들쳐 업고 숙소로 달려갔다. 스물두셋 정도로 보이는 미모의 아가씨였다. 성계원 담당 의사를 찾았다. 다행히 의식은 회복되었다. 그녀는 E여대 재학 중이고 천주교 신자였다. 호스피스 자원 봉사활동을 마치고 돌아오는 길에 누가 갑자기 입을 틀어막더니 지프차에 태웠다고 한다. 윤간하려는 속셈이었다. 차가 잠시 멈추어진 사이 그녀는 차창 밖으로 뛰어내렸다. 그리고는 정신을 잃었다는 것이다. 박모씨가 국회의원 오빠이고 어머니는 산고 후유증으로 돌아가시고 아버지는 재혼해 살고 있다고 했다. 자신은 외갓집에서 살다 혼자 자취생활을 한다고 했다.

하운은 차비와 함께 리라꽃을 꺾어 그녀에게 건네주었다. 여름이 지나고 가을 문턱에 접어들었다. 어느 날 편지가 날아왔다. 그녀는 하운에게 사랑의 고백을 해왔다. 하운은 정성껏 자신의 심경을 담아 답장을 보냈다. 서신이 오고 가는 동안 두 사람의 감정은 점점 달아올랐다. 그럴수록 하운은 절망의 수렁으로 빠져 들어갔다. 하운으로서는 도저히 이루어질 수 없는 사랑이었다.

1954년 봄 두 사람은 다시 만났다.

"한 선생님 정말 반가웠어예, 그동안 너무나 만나고 싶었어예."

"선생님 그때 저한테 리라꽃을 꺾어 주셨지예, 오늘은 지가 리라꽃을 드릴께예."

그녀는 하운에게 리라꽃을 꺾어주었다.

그들은 영화 관람을 했다. 그녀가 화장실에 간 사이 하운은 그녀의 핸드백에 한 편의 시와 그녀가 건네준 리라꽃을 꽂아놓고 영화관을 빠져나왔다. 하운은 하염없이 눈물을 흘렸다. 하운은 리라꽃을 던지고 사랑

하는 사람을 이렇게 해서 떠나보냈다.[119]

P양,
몇 차례나 뜨거운 편지 받았습니다.

어쩔 줄 모르는 충격에
외로워지기만 합니다.

양이 보내 주신 사진은, 얼굴은
오월의 아침 아카시아꽃 청초로
침울한 내 병실에 구원의 마스콧으로 반겨줍니다.

눈물처럼 아름다운 양의 청정무구한 사랑이
회색에 포기한 나의 사랑의 창문을 열었습니다.

그러나 의학을 전공하는 양에게
이 너무나도 또렷한 문둥이 병리학은
모두가 부조리한 것 같고
이 세상에서는 안 될 일이라 하겠습니다.

P양
울음이 터집니다.
앞을 바라볼 수 없는 이 사랑을 아끼는
울음을 곱게 그칩시다.

그리고 차라리 아름답게 잊도록
덧없는 노래를 엮으며

---

119 김선, 『가도가도항톳길 하』(예가출판사, 1993), 58~72쪽 각색함.

세12장 김소월, 김영랑, 이육사, 신석초, 서정주, 박목월, 윤동주, 한하운, 박인환

마음이 가도록 그 노래를
눈물 삼키며 부릅시다.

G선의 엘레지가 비탄하는
덧없는 노래를 다시 엮으며

이별이 괴로운 대로
리라꽃 던지고 노래 부릅시다.

— 「리라꽃 던지고」 전문

1974년 4월 어느 날 하운에게 소록도에서 초청장을 보내왔다. 선생님께서 나환자들을 위해 헌신 봉사하신 공적을 높이 기리고 빼어난 작품을 쓰신 뜻을 길이 보존하고자 시비 건립을 한다는 것이다.

하운은 하루 전날 소록도를 찾았다. 곳곳에 플래카드가 걸려 있었다. 소록도 고아원에 걸린 액자에 담긴 사진을 바라보다 깜짝 놀랐다. 20년 전에 헤어진 P양, 박유정의 사진이었다. 소록도에서 오랫동안 봉사하시다 얼마 전 필리핀 수녀회 초청으로 떠났다는 것이다. 그곳에서도 초인류애로 성녀라는 칭호를 받으며 생활하고 있다고 한다. 시비가 제막된 데에는 이름을 밝히지 말라는 그분의 숨은 노력이 있었다고 한다. 하운은 나병으로 인해 P양의 결혼 제의를 받아들일 수 없어 그녀에게 시 「리라꽃 던지고」를 바쳤었다.[120]

1975년 2월 중순경이었다. 하운은 눈물이 글썽거린채 누워 시름없이 창밖을 내다보고 있었다. 뜻밖에도 의사 윤지영이 하운을 찾아왔다. 윤

---

120 위의 책, 206~208쪽 참조.

지영은 직감적으로 하운이 곧 죽음을 맞을 것이라는 것을 알았다. 지영은 P양, 박소피아 편지를 하운에게 전해주었다. 20여 년 만에 받아보는 박유정의 편지였다.

> 한선생님!
> 실로 오래간만에 박유정이 아닌 박소피아 수녀의 처지에서 이 글을 씁니다. 저는 보도 매체나 측근의 사람들을 통하여 한 선생님의 소식을 이따금 듣고 있습니다.
> 저는 이곳 필리핀의 버림 받고 소외된 분들과 생활하며 지냅니다.
> 최근에 한 선생님의 건강이 매우 나쁘시다는 소리를 접했습니다.
> 속히 건강을 회복하셔서 더 많은 일을 하셨으면 합니다.
> (…중략…)
> 선생님!
> 20여 년이 지난 지금 부탁드릴 말씀이 있습니다. 천주교에 귀의했으면 합니다. 그리하여 선생님의 곤고한 영혼이 주님의 위안을 받기를 권고 드립니다.
> 선생님께서도 제게 부탁할 사항이 있으시면 기꺼이 말씀하세요. 선생님이 던지신 리라꽃, 그 의미를 받아서 저는 보다 큰 인류애를 실현하고자 노력하고 있습니다. 부디 건강하시고 주님의 평강이 함께 하시기를……
> 박소피아 드림[121]

1975년 3월 2일 일요일 아침 천주교 의식으로 영결식이 거행되었다. 하운을 입관시킬 그의 베게 밑에서 「연주님」 시 원고가 나왔다. 그는 한 많은 삶을 유정의 권고로 천주님 품으로 귀의시켰다. 「연주님」의 님의 주인공은 누구였을까. 하운이 사랑한 님의 상징이리라.

시비에는 「보리 피리」가 새겨져 있었다. 이승에서 고단하게 살았으니

---

121 위의 책, 272~275쪽에서 발췌 초록.

제12장 김소월, 김영랑, 이육사, 신석초, 서정주, 박목월, 윤동주, 한하운, 박인환

한하운 시비 「보리 피리」 ————
전라남도 고흥의 소록도 소재

저승에 가서나 편히 쉬시라고 누워 있는 시비를 세웠으리라.

  보리 피리 불며
  봄 언덕
  고향 그리워
  피—ㄹ 닐니리.

  보리 피리 불며
  꽃 청산
  어린 때 그리워
  피—ㄹ 닐니리.

  보리 피리 불며
  인환(人寰)의 거리
  인간사 그리워
  피—ㄹ 닐니리.

보리 피리 불며
방랑의 기산하(幾山河)
눈물의 언덕을 지나
피—ㄹ 닐니리.

—「보리피리」 전문

9. 세월이 가면, 박인환

1956년 그의 나이 서른한 살이 되었다. 그도 어쩔 수 없는 중년의 문턱에 들어섰다. 「세월이 가면」이 탄생한 것은 그해 이른 봄 '동방싸롱' 맞은편 목로주점 '경상도집'에서였다.

박인환은 홀로 '경상도집'에서 술잔을 기울이고 있었다. 이진섭이 문을 열고 들어왔다. 쓸쓸히 잔을 기울이고 있는 박인환과 합석했다. 박인환은 종이를 꺼내 뭔가 끼적이더니 몇 번을 이리 고치고 저리 고쳤다. 이진섭에게 그것을 보여주었다. 그는 그것을 읽고 또 읽었다. 이진섭은 그 자리에서 즉흥적으로 곡을 붙였다. 이렇게 해서 명동 엘러지 「세월이 가면」이 탄생되었다.

그때 풍경을 이봉구는 다음과 같이 말했다.

> 1956년 이른 봄 명동 한복판 빈대떡집 깨진 유리창 안에선 새로운 노래가 흘러나오기 시작하였다.
> "자, 다시 한 번."
> 상고머리의 박인환이 작사를 하고, 이진섭이 작곡을 하고, 임만섭이 노래를 부르고, 첫발표회나 다름이 없는 모임이 〈동방싸롱〉 앞 빈대떡 집에서 열리게 되었다. 박인환은 벌써부터 흥분이 되어 대포잔을 서너 잔 들이키고, 이진섭도 술잔을 든 채 악보를 펼쳐놓고 손가락을 튕기는가 하면, 그 몸집과 우렁찬

성량을 자랑하는 임만섭이 목
청을 가다듬기 시작했다.[122]

그 무렵 박인환은 생활이
매우 어려웠다. 그래도 멋
과 자존심은 잃지 않았다.
'마리서사' 시절 리얼리스
트였던 그가 혹독한 전쟁과
가난을 겪고 나서는 로맨티
스적 경향을 띠기 시작했
다. 「잠을 이루지 못하는
밤」, 「세월이 가면」, 「목마
와 숙녀」 등이 그 예이다.

박인환의 시비 「세월이 가면」 ————
강원도 인제군 인제읍 합강리 소재

지금 그 사람의 이름은 잊었지만
그의 눈동자 입술은
내 가슴에 있어.

바람이 불고
비가 올 때도
나는 저 유리창 밖
가로등 그늘의 밤을 잊지 못하지

사랑은 가고
과거는 남는 것

---

122 이봉구, 『명동, 그리운 사람들』(일빛, 1992), 161쪽.

여름날의 호숫가

가을의 공원

그 벤치 위에

나뭇잎은 떨어지고

나뭇잎은 흙이 되고

나뭇잎에 덮여서

우리들 사랑이 사라진다 해도

지금 그 사람 이름은 잊었지만

그의 눈동자 입술은

내 가슴에 있어

내 서늘한 가슴에 있건만

— 「세월이 가면」 전문

강계순은 이에 대한 숨은 이야기를 박인환 평전에서 이렇게 말하고 있다.

이 「세월이 가면」에는 전혀 알려져 있지 않은 애절한 이야기가 담겨져 있
다. 이 시를 쓰기 전날 박인환은 십 년이 넘도록 방치해두었던 그의 첫사랑
의 애인이 묻혀 있는 망우리 묘지에 다녀왔다. 그는 인생을 정리하고 있었던
것 같다. 사랑도, 시도, 생활도 차근차근 정리하면서 그의 가슴에 남아 있는
먼 애인의 눈동자와 입술이 나뭇잎에 덮여서 흙이 된 그의 사랑을 마지막으
로 돌아보았다. 순결한 꿈으로 부풀었던 그의 청년기에 아름다운 무지개처
럼 떠서 영원히 가슴에 남아 있는 것, 어떤 고통으로도 퇴색되지 않고 있던
젊은 날의 추억은 그가 막 세상을 하직하려고 했을 때 다시 한 번 그 아름다
운 빛깔로 그의 가슴을 채웠으리라. 그는 마지막으로, 영원히 마지막이 될
길을 가면서 이미 오래전에 그의 곁에서 떠나간 여인의 무덤에 작별을 고하
고 은밀히 얘기하고 싶었다.[123]

---

123 『아! 박인환』, 문학예술사, 1983. 심재방, 『그들만의 아름다운 사랑이야기, 시인』
(선, 2007), 84~85쪽에서 재인용.

찾아보기

ㄱ

연모지정